송이송이 따닥따닥

봄꽃이 사방에서 흩날리는 네 편의 봄 소설,
송이송이 따다 드리리

시절

목차

송재은
- 소　설 | 희망사항　008
- 에세이 | 끝없는 결말에 대하여　038

김현
- 소　설 | 우리가 희우정로에서 만날 확률은　046
- 에세이 | 아름다운 너에게　070

김종완
- 소　설 | 아는 사이 (봄밤의 롤러코스터)　076
- 에세이 | 가벼운 영화 한 편을 만드는 것처럼　098

이종산
- 소　설 | 벚꽃 푸딩　106
- 에세이 | 계절 편지 #1. 봄　132

나가며 | 구근에서 싹을 틔우는 튤립 한 송이　142

송재은

희망사항

essay

끝없는 결말에 대하여

희망사항

"윤년은 영어로 'leap year'라고 불러. leap은 건너뛴다는 뜻이 있는데, 윤년에는 매년 하나씩 밀리던 요일을 두 개씩 건너뛰거든. 덤으로 하루가 더 생겼다고도 하고. 그런데 지난 윤년에 애플이 아이폰을 발표하면서 'It's a leap year.'라는 문구를 썼어. leap은 도약이라는 뜻도 가지고 있는데, 아이폰 12로 우리가 도약을 한다는 거지. 나는 그때부터 아이폰을 썼어."

"윤일에 태어난 사람들은 '내 생일'에 대한 애틋함이 좀 있는 거야?"

"글쎄… 생일을 4년에 한 번만 달력에 표시할 수 있는 거니까."

"윤일이면 겨울이 조금 더 길어지는 느낌."

"우리한텐 입춘이라는 게 있어."

"느낌이 그래. 느낌이."

*

호연은 옷장 깊숙이 비닐봉지처럼 묶어 보관하던 검은 스타킹에서 신경질적으로 먼지를 떼어냈다.

'하루만 참지. 하루만, 정말.' 신었을 때 살색이 비치지 않는 스타킹은 그것 하나뿐이었는데, 비듬처럼 박혀 떨어지지도 않는 먼지에 짜증이 치솟았다. 울컥하는 게 부고 때문인지, 무영 탓인지 구분할 수 없었다. 스타킹을 말아쥐고 오른발을 넣는 순간 새끼발톱에 걸린 스타킹 올이 나갔다.

"아."

작은 탄성을 뱉은 호연은 입술을 깨물고 옷장과 침대 사이에 주저앉아 울음을 참았다. 옷장 문을 열면 그 끝이 침대에 닿을 만큼 좁은 공간과 상황이 진절머리 났다. 울고 싶지 않았다. 참을 수 없어 혼잣말을 중얼거렸는데 목소리가 갈라져 나왔다.

"왜 이래, 진짜."

가슴이 답답해 소리를 지르고 싶었지만 호연은 순간의 분을 못 이겨 소리치는 사람이 아니었다. 호연은 스타킹 신기를 포기하고 침대 위 뒤집어진 휴대폰을 집어 들었다. 방이 어두워 얼굴 인식이 잘 되지 않았다. 답답함에 여섯 자리 숫자를 눌러 비밀번호를 풀었다. 920229. 4년을 만났지만 연애를 시작하고 처음 맞게 될 무영의 생일이 오늘이었다.

호연은 서울에서 대구로 내려가는 가장 빠른 기차표를 예매했다. 그리곤 뒤집어진 채로 바닥에 내팽개쳐진 검은색 면 스키니진을 다시 입고 회사에서 돌아온 옷차림 그대로, 얼굴을 씻고 선크림만 바른 채 집을 나섰다.

부산행 열차 역방향 좌석에 앉아 눈을 감았다. 역방향에 앉으면 멀미가 덜 난 대, 창가 사이 좌석에는 콘센트가 있어, 같은 시답잖은 생각이 무작위로 떠올랐다. 무영이 옆자리에 앉아 시시콜콜 떠들던 것들. 호연은 신경 쓰지 않던 것들을 무영은 그것까지 감안한 자리를 예매한 것을 칭찬이라도 바라는 듯 신나서 말해주었다. 무영 없이 기차를 탄 기억은 손에 꼽았다. 혼자 기차에 오른 자신이 어색하게 느껴졌다. 이 모든 게 꿈 같기도 했다. 뭔가 잘못되었을 때 느끼는, 꿈이 아닌 줄 잘 알고 있는 그런 꿈 같은 기분. 부고 아래 찍힌 주소의 장례식장에 가는 건 처음이 아니었다. 전에도 무영을 따라가본 적이 있었다. 일 년 전 급성 간부전으로 돌아가신 무영의 막내 외삼촌 장례식이었다. 무영은 늘 과음이나 피로를 조심했는데, 간이 안 좋은 가족력 때문이었다. 하지만 그게 피한다고 어디 피해지나.

후.

한숨을 쉬자 몸의 긴장이 풀렸다. 세상엔 그런 이야기 천지였다. 평생 담배를 피웠는데, 아흔아홉 살까지 살고 아내가 간접흡연으로 간암에 걸렸다는 이야기, 이를 닦지도 않는데 상한 데 없이 멀쩡한 사람이 있는 반면, 채식만 하고 살았는데도 백혈병에 걸린다거나, 술 한 모금 안 마시고도 당뇨나 고혈압에 걸리는 사람들. 그렇게 아무 잘못하지 않고도 벌을 받는 사람들. 하지 말라는 걸 그렇게 하는데도 잘못되지 않는 사람들. 아무 이유 없이도 삶은 망가질 수 있고, 그건 불공평의 감각과는 거리가 멀었다. 그냥 그렇게 된 것뿐이다. 별 이유 없이. 그런 이유 없는 것들이 호연은 두려웠다. 탓할 수 없고, 해결할 수 없는 것들이. 자신을 달래는 수밖에 없는 상황이. 무영과도 그냥 그렇게 된 것뿐일까. 해결할 수 있는 방법 같은 건 없는 걸까. 잠을 잘 여유가 없을 것 같아 계속 눈을 감고 있었지만 무영 생각을 떨쳐 낼 순 없었다. 호연은 마른세수를 하곤 점점 어두워지는 바깥 풍경을 바라봤다. 계속 무영을 생각할 수밖에 없는 게 자존심 상했다. 검은 창에 거꾸로 휙휙 스쳐가는 것들이 주마등처럼 느껴졌다.

아버지 건강이 안 좋으시다는 이유로 무영이 대구에 내려간 뒤로는 한 달에 한두 번 겨우 얼굴을 본 게 벌써 반년이었다. 무영은 프리랜서로 영상 촬영과 편집을 했다. 대구로 내려간다고 못하는 일은 아니었지만, 클라이언트도 작업실 겸 집도 서울에 있었고. 대구에서 괜찮은 영상 일을 찾을 수 없다는 걸 무영도 알고 있었다. 하지만 가족들은 무영이 내려오기를 바랐고, 무영은 서울에서의 삶과 대구에서의 책임, 두 가지 모두를 해내야 한다고 생각했다. 촬영 대신 편집 일을 늘리고, 정기적으로 해오던 촬영 작업을 유지하기 위해 한 달에 한 번 서울에 올라와서 길면 일주일, 짧으면 겨우 이틀을 머무르고 내려갔다. 호연은 그런 무영과 시간을 맞추기 위해 휴가를 내고도 겨우 한두 시간 서울역 카페에서 무영의 얼굴을 본 적도 있었다. 무영은 대구로 찾아가겠다는 호연을 한사코 말렸다. '와도 만날 시간이 없어, 호연아. 내가 다음엔 서울에 조금 더 오래 있어 볼게.' 그렇게 그런대로 유지해 오던 관계였다.

며칠 전만 해도 아버지가 위독하시다던 무영이 잠깐 올라온다며 만나자고 했을 때, 호연은 그가 올라와도 되는 건지 의아했다. 아버지는 괜찮으시냐고 물었을 때, 무영은 피곤한 목소리로 오늘내일하시는 것 같다고 말했다. 호연은 그럼 무영의 생일 겸 이번에야말로 자신이 연차를 쓰고 내려가겠다고 했지만, 무영은 처리할 일이 많으니 겸사겸사 올라오겠다고 했다. '겸사겸사'. 호연은 그 단어를 밤새도록 곱씹었다. 사 년의 시간이 다른 일과 엮어 처리하는 사소한 것으로 남았다. '이별을 겸사겸사 하는 사람도 있는 거야?'

무영이 올라온 날은 비가 왔다. 두 사람은 비도 오니 호연의 집과도 가까워 자주 가던 서울역 근처 칼국수 집을 가기로 합의 봤다. 알루미늄 미닫이 문을 쓰는 낡은 가게였는데, 위생보다는 감칠맛 나는 멸칫국물과 김치가 좋아 단골이 됐다. 둘은 취향이 달랐지만, 허용 가능한 역치가 비슷했다. 청결도, 인간관계의 넓이, 업무 강도, 연인 사이의 구속 정도까지. 의견 차이는 잘 없었고, 상대의 의견도 대체로 납득 가능했지만, 그렇지 않은 경우에도 호연은 굳이 말하지 않았다. 의견보다는 관계가 더 중요하다고 믿었다. 호연은 둘의 관계가 안전하게 느껴졌다. 부딪히지 않고, 사고 없이, 좋게 좋게. 친구들이 애인과 다투고 와서 메시지로, 전화로, 만나서 하는 애인 욕을 들으며 흠잡을 데 없는 자신의 관계가 더욱 만족스럽게 느껴졌다. 무영의 아버지가 투병 생활을 시작하시면서 관계에 변화가 생겼고 어쩔 수 없이 연락이 뜸해졌지만, 오랜 시간 만나며 가족 관계와 대소사까지 다 꿰는 사이에 그 정도가 서운하지는 않았다. 무영도 이런 호연에게 늘 고마워하며, 일이 다 정리되면 자신이 정말 잘하겠노라 말하곤 했다. 호연은 상대가 걱정하지 않도록 표현을 잘하는 무영이 좋았다.

칼국수를 계산하고 자신의 키보다 짧은 미닫이 문을 닫으며 밖으로 나오는 무영을 물끄러미 바라봤다. 생김새와 안 어울리는 성격이 마음에 들었다. 넓고 마른 어깨와 큰 키, 짙고 두꺼운 눈썹과 날카로운 눈매와는 다르게 무영은 작게 미소 지을 때도 눈이 휘어지도록 웃었다. 무표정의 무영은 쉽게 다가가기 힘든 인상이었는데, 입만 열면 가벼워졌다. 친해지기 쉬울 것 같아 보인다는 호연의 인상과 성격과는 반대였다. 그 가벼움이 방정맞지 않고 다정하다고 느껴 무영을 좋아하게 됐다. 호연은 선물을 집에 두고 왔다고, 집으로 갈까 물었으나 무영은 다음에 달라며 근처 카페에서 차를 마시자고 했다.

*

"호연아, 우리 오늘까지만 만나자."

요즘 무영의 집안 분위기와 다른 사람에게 넘기기로 한 아버지 가게 이야기, 호연이 회사에서 맡은 새로운 프로젝트와 들어온 지 세 달도 안 되어 퇴사하는 신입의 요망함 같은 근황을 나누던 중이었다. 무영은 그런 이야기를 하듯이 자연스럽게, 아무렇지도 않게 헤어짐을 꺼냈다. 그런 말을 해놓고도 시선을 피하지도 않고, 언제나처럼 호연을 바라봤다.

"그게 무슨 말이야."

"말 그대로야."

"그니까 그게 무슨 말이냐고."

"그동안 계속 생각했어. 그냥 천천히 마음이 식었나 봐."

"이유가 있는 거야? 무슨 일 있었어?"

"아냐, 호연아. 이유가 없는 게 이유야. 네 탓도 아니고, 그냥 여기까진 것 같아."

호연아. 호연아. 호연은 이름이 자신을 배신하고 찌르는 느낌을 받았다. 무영은 항상 호연의 이름을 불렀다. 굳이 이름을 붙이지 않아도 할 수 있는 모든 말에, 호연의 이름은 문장의 맨 앞에 불리기도 하고, 문장 끝에 덧붙이듯 불리기도 했다. 그게 갑자기 생경하게 느껴졌다. 호연은 무영의 이름을 잘 부르지 않았다. 이름을 부르지 않아도 하고 싶은 말을 할 수 있으니까. 수신자는 어차피 무영뿐이니까.

마시다 만 아메리카노 표면에 기름이 떠 있었다. 속이 메스꺼웠다. 아무 말도 않고 바로 앞의 커피잔만 바라보는 호연에게 무영은 덧붙였다. 아마 무영은 고개를 약간 오른쪽으로 꺾어 자신을 바라보지 않는 호연의 안색을 살피고 있을 것이다.

"혹시 대화가 필요하면… 언제든 연락해."

대화? 대화가 필요하면? 호연은 아무 말도 떠오르지 않았다. 만에 하나 두 사람이 헤어진다면, 이별을 고해야 할 사람은 아무리 생각해도 자신이었다. 머릿속이 하얘졌다. 어떤 반응이든 해야 할 것 같은데, 호연은 자신이 하고 싶은 말이 무엇인지도 알 수 없었다. 만나는 동안 한 번도 헤어지자는 말을 입 밖에 꺼내지 않았다. 그건 호연이 지난 연애들에서 배운 단 한 가지 철칙이었다. 지난 연인들이 함께 방송에 나오는 프로에서 그들이 몇 번씩 헤어졌다가 다시 만났다는 이야기를 하는 장면을 볼 때, 호연은 무영에게 헤어지자고 말하는 순간 금이 가는 거라고, 두 번은 쉬울 거라고, 화면에 시선을 고정한 채 무심하게 말했었다. 무영은 고개를 끄덕였다.

서로 오랫동안 참아온 말은 내뱉은 순간 주워 담을 수 없다.
　　"두 번은 쉽겠지. 알았어."
　　호연은 그대로 일어났다. 자신을 따라 일어나는 무영을 무시하고 카페 밖으로 나갔다. 혹시 무영이 따라 나오진 않았을까 뒤를 돌아보지 않고 걸었고, 집이 지척에 보이는 순간에도 지금이라도 뛰어오고 있진 않을까, 지금껏 자신을 따라 걷지 않았을까 싶은 마음에 뒤를 돌아보지 않았다. 보이지 않는 시선에서 벗어나고 싶어 발걸음을 재촉했고, 심장은 덩달아 빠르게 뛰었다. 집에 도착할 때까지 무영의 발소리나 목소리는 들리지 않았다. 문을 열고 집으로 들어오는 순간 긴장이 풀리면서 무영이 자신을 붙잡지 않았다는 사실에 허무함이 밀려왔다. 서른이 넘어 맞는 첫 이별에, 미래에 대한 곤궁함으로 밤새 뒤척이다 출근해 좀비처럼 일하며 퇴근 시간만 기다리고 있을 때, 휴대폰 메시지 알림에 무영의 이름이 떴다. 부고였다.

　　무영과 호연은 대학 동기였다. 사람들은 짠 것

처럼 한결같이 학교를 다닐 때는 친하게 지내지도 않더니 어떻게 사귀게 되었냐고 물었고, 호연은 그때마다 친하게 지내지 않은 덕에 사귀게 됐다고 말하곤 했다. 정말이었다. 그게 아니었다면 다시 만나 함께 한 식사가 소개팅처럼 느껴지지 않았을 테니까.

    대학생 시절, 스마트폰의 보급으로 단체 카톡방이 생기며 여러 곳에 함께 속해있었지만 따로 연락하는 사이는 아니었다. 무영이 군대를 다녀오고, 학년이 차이 나면서 졸업할 때까지 지나가다 한두 번 얼굴을 마주친 게 전부였다. 호연은 졸업과 동시에 5,000명 규모의 중견기업 마케팅팀에 입사했다. 기업이 지향하는 가치를 전달하는 영상과 지면 콘텐츠를 발행하는 프로젝트를 진행했는데, 호연은 그 일이 자신에게 잘 맞는다고 생각했다. 외주 맡길 사람들을 관리하고, 그들이 만든 제안서를 검토하고, 수락하거나 거절하는 것. 중간에 선배가 자리를 옮기며 영상팀이 함께 빠진 탓에 동기들에 연락을 돌려 영상을 맡을 사람이 없는지 수소문했을 때, 그때 연락이 닿은 게 무영이었다. 오랜만에 본 무영은 학교를 다닐 때와는 다르게 느껴졌다. 이렇게 붙

임성이 좋은 사람이었나. 호연은 사실 무영을 잘 몰랐다. 무영이 어떤 친구였는지 떠올려보려고 해도 단체 사진 속 얼굴처럼 해상도 낮은 정보뿐이었다. 학교 앞 퀴퀴한 지하 술집에 단체로 모여 술을 마실 때를 빼고는, 수업에서 저멀리 앉아 각자의 친구들과 어울리는 모습을 스치듯 본 것 외에는 무영을 기억할 만한 것이 없었다. 호연은 술자리에서 담배를 태우러 자리를 자주 비웠고, 무영은 동행이 담배를 피우러 나갈 때 자리를 지켰다. 호연은 담배를 피우며 미래를 비관하기를 즐겼고, 그런 자신과 비슷한 친구들이 깨어있다고 생각했다. 그땐 그랬다. 무영은 음악인가 무슨 예술 동아리를 하며 시시콜콜한 감성을 나누는 무리에 속해있었다. 이십 대 초반의 호연은 이상적이고 해맑은 사람들을 낮잡아 봤다. 하지만 사회생활을 시작하고 유치한 쪽은 오히려 자신이라는 걸 깨달았다. 자신을 보호하기 위해 타인에 대해 떠들고 비관과 냉소로 무장한 사람들에게 질릴 대로 질린 호연은, 시시콜콜한 감성을 잘 보존하며 자란 무영과 나누는 대화가 좋았다. 무영이 가진 따뜻한 시선이나 다정함이야말로 쉽게 가질 수 없는 어른스러움 같았다.

　기차가 동대구역 플랫폼에 들어서고 있었다. 호연은 이제야 여기에 온 게 잘한 일인지 의심스러웠다. 어떤 얼굴로 무영을 봐야 할까. 무슨 말로 인사를 해야 할까. 무영은 놀랄까. 호연은 적어도 자신이 이곳까지 온 게 당연한 일이기를 바랐다. 어제 헤어졌다고 모든 게 갑자기 달라지지는 않았어야 했다. 하지만… 많은 물음이 꼬리를 물었다. 무영의 어머니는 두 사람이 헤어진 것을 알고 계실지, 사람들을 만나면 어제 헤어졌다는 사실을 말해야만 하는지, 그렇다면 사람들은 자신을 이상한 여자라고 생각할까. 미련이 남아 헤어진 애인 부친상에 찾아왔다고 쑥덕거릴까. 그러고 보니 엄마한테 말을 했어야 하나, 어차피 가진 것 없는 무영을 못마땅해하던 엄마가 영영 알 필요는 없을 것도 같았다. 호연은 이모들에 꿀리지 않으려는 엄마의 허영과 자존심이 싫었다. 아, 어쩌면 무영은 장례라는 대사를 자신과 함께하지 않기를 바랐던 게 아닐까. 그래서 갑작스럽게 이별을 통보한 것인지도 모른다. 호연이 자신의 삶에 더는 얽혀들어 오지 않게 하려고 했던 걸까. 생각은 할수록 복잡하고 무거워졌다. 어쨌든 모든 불안과 의혹을 확인하는 방법은 하나뿐이었고, 호연은 이게 도리에 맞는 일이라고 되뇌었다.

　장례식장은 동대구역에서 걸어서 십 분 거리였다. 호연은 병원 근처 편의점에 들러 커플 통장에 들어있는 금액의 절반을 인출했다. 잔액 498,740원. 적은 돈은 아니었다. 호연은 구겨서 가방에 넣기 전의 영수증을 물끄러미 바라보며 1,260원까지 정확할 필요는 없을 거라는 생각을 했다. '이걸 이렇게 정리하네.' 그래도 자신이 가진 의리가 마음에 들었다. 세상에 돈이 얽히지 않은 것이 없었다. 그리고 그것에 사람들은 늘 민감했다. 호연도 무영도 연애에서 돈을 계산해 가며 쓰는 타입은 아니었다. 커플 통장은 연애 초기에 수입이 적은 무영을 위해 데이트에 얼마 이상 쓰지 말자는 목적으로 만들었다. 무영이 일정치 않은 수입으로 어려울 때는 호연이 돈을 더 넣기도 했다. 그러면 무영은 돈이 들어왔을 때 본인 카드로 밥을 샀다. 눈치껏 배려하고 고마워하며 관계는 잘 굴러갔다. 하지만 이제 아무 상관도 없어질 사람에게 쿨하고 멋진 사람처럼 보이고 싶은 건가, 무의식의 미련이 자신을 여기까지 이끈 걸지도 몰랐다. 이 모든 게 의미 없게 느껴지기도 했지만, 지금은 무영이 보고 싶었다. 사랑해서? 글쎄. 헤어짐을 생각한 건 분명 무영만은 아니었다. 호연은 봉투에 돈을 넣으며, 그냥 계좌로 50만 원을 넣고 지난 사 년을 증발시킬 걸 싶었다. 반대로 그런 생각도 했다. 장례식에 가서 어물쩍 다시 만나게 되진 않을까. 무영이 아버지의 병환이 깊어지며 지친 마음 탓에 잘못 생각한 걸 수도 있다. 다시 얼굴을 보고 이 시간을 같이 견디면, 무영이 돌아오겠다고 말하진 않을까. 그런 생각을 하면서도 호연은 걸었고, 장례식장 입구가 보일 때쯤 누군가 자신을 부르는 소리를 들었다.

"호연!"

평일 오후 다섯 시에 온 갑작스러운 부고였다. 퇴근하고 바로 출발해야 호연과 비슷한 시간에 도착할 수 있었을 텐데 김성우는 이미 와 있었다. 무영과 연애를 시작하고 대학 동기들과 다시 가까워지면서 가장 먼저 만나게 된 건 김성우였다. 호연과는 인스타그램 친구이기도 했는데, 무영과 만난 후로 김성우는 호연의 모든 게시물에 '좋아요'를 눌렀다. 김성우를 만나면 이름마저 잊어버린 동기 소식부터 선배들의 자식 이름까지 들을 수 있었다. 무영에게는 말한 적 없지만 호연은 두 사람이 거리를 좀 두면 좋겠다고 생각했다. 호연과 무영의 이야기가 김성우의 입을 타고 어디까지 어떤 식으로 갈지 모르는 일이니까.

얼른 들어가 보라고 말하는 김성우는 호연이 무영과 헤어졌다는 사실을 모르는 눈치였다. 모르는 척하는 건지. 어쨌든 누군가 알아야 한다면 김성우는 그 마지막이어야 했다. 로비 계단으로 걸어 올라가자 맞은편 엘리베이터 옆 커다란 화면에 각 호실별 고인의 사진과 이름, 상주의 이름들이 떠 있었다. 고 이기준. 상주 이무영. 이세진. 무영의 쌍둥이 동생 세진은 대구에 살고 있는데, 삼 년 전 소방관과 결혼해 이미 아이가 두 살이었다. 아이 돌잔치에서 처음 만난 날부터 세진은 호연을 언니라고 불렀다. 이제 아무 관계도 없는 무영의 가족을 만난다고 생각하자 호연은 대구까지 와버렸다는 사실이 실감 났다. 자꾸 돌이켜 보듯이 생각하게 되는 수많은 것이, 걱정보다는 의무감으로 서 있는 두려운 기분이, 무영과 자신이 헤어졌다는 걸 상기시켰다. 호연은 자신이 이곳에 더 이상 속하지 않음을 피부로 느끼며 가방 속 부조 봉투를 쥐고 입술을 깨물었다. 목이 말랐다.

"안 들어오고 뭐해."

바로 뒤에서 익숙한 목소리가 들렸다. 그 방향으로 돌아서자 다리와 팔이 짧은 싸구려 상복을 입은 우스꽝스러운 모습의 무영이 있었다. 아무렇지도 않게 말을 걸어오는 무영을 보니 아무렇지도 않은 대답이 나왔다.

"뭐야, 언제부터 보고 있었어."

"방금. 가방에 손 집어넣고 들썩거릴 때부터."

"좀 괜찮아?"

"보시다시피."

"아버지는."

"진통제 많이 썼는데 계속 힘들어하시다가 마지막엔 의식 없는 채로 돌아가셨어. 뭐, 목소리 들릴 거라곤 했는데. 그건 아버지만 알겠지. 밤까지 버티실 줄 알았는데, 정오께 돌아가셨어."

무영은 덤덤하게 말했다. 감정을 억누르는 건지, 괜찮은 건지 구분이 잘 가지 않았다. 어제 만났을 때와 달라진 점이라곤 상복에 상주 완장을 차고 있다는 것과 조금 더 피곤해 보인다는 것뿐이었다. 호연은 만감이 교차했다. 무영이 너무 아무렇지 않아 보여 부끄러워졌고, 이게 정말 도리에 맞는 선택이었는지 차여버린 자신의 자존심인지 의구심이 들었다. 이런 호연을 아는지 모르는지 무영은 전과 다름없이 호연 쪽으로 몸을 기울이며 말했다.

"들어가자. 엄마가 너 오늘 오냐고 묻더라."

"뭐라고 했어."

"모른다고 했지 뭐."

"어머니가 아셔?"

"모르셔."

"그럴 거 같아서."

"응. 고맙다."

호연은 하루 사이 멀어졌던 무영이 다시 가까워진 기분이 들어 내일 연차를 냈다는 것도 말하려다가 입을 다물었다. 여전한 것도 이전과 같은 것이라는 확신이 들지 않았다. 상대가 원하지 않는 친절과 애정은 부끄럽고 민망한 것이 되곤 했다. 무영은 헤어졌다고 한순간에 호연을 밀어내지 않을 것이고, 그래서 더더욱 호연은 무영에게 이유를 묻거나 매달리는 일이 부질없고 또 스스로 부끄러워질 일이라는 걸 알았다.

호연은 방명록에 이름을 적고 부조 봉투를 꺼냈다.
"뭘 이런 걸 해. 우리 사이에."
"우리 사이가 뭔데."
"…그렇긴 하지."
"뭘 그렇긴 해."
"미안."
무영이 빠르게 사과하며 마른 웃음을 지었다. 호연이 쏘아붙이거나 타박할 때면 무영은 항상 그렇게 웃었다. 넌 정말 맞는 말만 한다면서. 말을 삼키는 무영을 보며 호연은 속으로 욕을 했다.
무영 아버지의 영정 사진은 무영의 휴대폰에서 본 적 있는 메신저 앱의 프로필 사진이었다. 가족사진을 찍으러 갔다가 어머니 아버지 한 장씩 따로 찍어드린 것이라고 했었는데, 어머니가 가족사진을 프로필 사진으로 해두신 것과 비교되는 부분이었다.

무영은 인사를 마치고 호연을 가족들이 있는 테이블로 데려갔다.

"호연이 왔어요."

"어머, 언니 왔어요? 평일인데 어떡해요. 많이 피곤하죠. 오빠는 왜 언니 불편하게 여기로 데려와."

세진은 잠을 자지 못한 듯 허옇게 뜬 얼굴로 호연의 안부를 걱정하며, 어른들에게 인사하는 호연의 팔을 이끌어 그들과 멀리 떨어진 테이블로 데려갔다. 무영은 둘을 따라오다가 새로 들어온 조문객 쪽으로 방향을 바꿨다.

"아버지가 언니랑 오빠 결혼하는 거 보고 가셨으면 좋았을 텐데. 오빠는 왜 진작에 준비를 안 했나 몰라요."

그러게나 말이에요. 호연은 작게 속삭이는 세진에게 속으로 대답하며 다른 의미로 세진을 향해 작게 미소 지었다. 무영이 대구에 내려가지 않았다면 지금쯤 결혼 준비를 하지 않았을까 생각하면서.

"괜히 막 일하고 그런 부담 갖지 말고요. 잠깐 앉았다 가요."

호연은 세진이 좋았다. 정확히 말하자면 세진의 삶이 좋았다. 적당히 끈끈하고 단란한 원가족, 무영과 세진의 무난한 사이. 일 년에 한 번 정도는 남들 다 갈 것만 같은 해외여행, 적당한 이름의 회사와 육아 휴직에 불이익이 없는 안정적인 직장, 조금 더 나은 경제력을 가진 서글서글한 성격의 남편, 적령기에 결혼해 신혼을 즐기고 임신하여 요즘 인기라는 딸을 낳고, 사람들과 잘 어울리는. 세진은 가장 평범한 삶의 타이밍을 모두 맞춘, 가장 평범한 것을 이뤄가는 완벽한 사람처럼 보였다.

호연은 대학 동기들과 잘 모르는 선배들 사이에 끼어 술을 마셨다. 멀리 조문객들과 맞절을 하는 무영이 보였다.

"무영이 아버지 오래 아프셨다며. 너는 알았어?"

졸업 후 한 번도 만난 적 없던 지영이 맞은 편에서 몸을 기울이며 은근하게 말을 걸어왔다. 무영의 모습이 가려졌다. 호연이 어떻게 답을 해야 할지 잠시 망설이는 사이, 옆에 있던 김성우가 끼어들었다.

"너 몰랐어? 이무영이랑 김호연 둘이 만난 지 오래됐는데. 너희 결혼 날짜는 안 잡았어?"

얼굴이 화끈거렸다. 헤어졌다는 사실을 말하지 않을 순 있었지만 거짓말을 하는 건 달랐다. 자리를 박차고 나가고 싶었지만, 당장의 면을 구기고 싶진 않았다. 각자의 근황을 이야기하던 대화는 금세 무영과 호연의 관계에 대한 호기심으로 바뀌었다. 호연은 곤란하지 않은, 거짓말이 되지 않을 만한 질문만 골라 답을 하며 이제 그만 이곳에서 나가고 싶었다. 무슨 생각으로 여기에 온 걸까. 무영은 호연의 뒷모습을 발견하고 사실 곤란하지 않았을까. 무영이 어떤 생각으로 호연과 헤어졌는지 확신할 수도 없는 상황에서 자신은 너무 순진하게 이곳에 왔다.

"다들 무슨 얘기를 그렇게 해."

"너랑 호연이랑 만나는 건 나만 몰랐나 봐."

마침 무영이 다가왔고, 지영은 여전히 믿지 않는 것처럼 확인하듯 무영을 바라봤다. 호연도 여전히 믿기지 않는 것처럼 무영을 바라봤다. 자신이 무슨 생각으로 여기까지 왔는지 궁금하진 않은지 따져 묻고 싶었다. 무영을 보고 있자니 어제는 차마 떠오르지 않았던 불만들이 차올랐다.

"그랬나."

무영이 멋쩍게 작은 미소를 지으며 답을 피해갔다. 김성우가 지금 다시 한번 언제 결혼할 건지 물었으면 좋겠다는 생각이 들었다. 무영의 곤란한 표정이 보고 싶었다. 호연은 왠지 자꾸만 심술이 나는 자신을 견디기 어려웠는데, 조금만 더 있으면 그 심술이 밖으로 쏟아져 나올 것 같았다.

"난 이제 일어나야 할 것 같아. 나 먼저 가볼게."

"어, 그래. 가야지. 다들 조금 더 앉아있어. 금방 다녀올게."

무영은 호연 뒤에 가까이 붙어 장례식장을 나왔다. 장례식장 입구를 지나 언덕 아래 병원 주차장 입구에 도착해서야 호연은 걸음을 멈췄다. 무영은 말이 없었다.

"나는 이 상황이 너무 이상한데. 오는 게 맞는 것 같아서 왔어. 같이 보낸 시간이 무의미한 건 아니라고 생각해서. 너도 그냥 그래서 연락했을 거고. 그런데 나는 왜 이게 맞다고 생각했는지 후회가 돼."

"호연아."

"우리 오래됐잖아. 너는 나를 이해하고, 나도 너를 이해하고. 싸운 것도 아닌데, 나는 당연히 우리가 결혼할 거라고 생각했어. 모든 게 잘 맞는 건 아니어도, 함께 만들어갈 것들을 기대하면서."

"나도 그랬어. 너랑 똑같이 생각했지. 알잖아, 호연아. 나한테도 우리 관계가 중요했어."

"정말 그랬어?"

무영은 마른세수를 했다. 얼굴을 쓸어내리는 무영의 손을 쳐다보는 것만으로 호연은 그 손길을 느낄 수 있었다. 익숙한 무영의 행동들은 이미 호연 것이기도 했다. 상대방의 이야기를 경청할 때 고개를 꺾고 입술을 꾹 무는 것도 무영을 따라 배운 것

이었다. 그렇게 닮는 게 싫지 않았다. 그것이 아주 오래도록 호연의 것이 될 거라고 생각했으니까. 그런데,

"그런데 계속 한 가지 생각이 나를 잡아끌었어. 내가 우리 관계에서 바란 건 안정적인 미래뿐이었던 것 같은 거야. 나는 너랑 결혼하면 모든 게 나아질 거라고 생각했어. 지금 내 상황에 바꾸고 싶은 것들을 곧 너랑 경제력을 합치면 다 해결될 것처럼…."

"…."

"너를 만나는 게 희망사항 같았어. 이렇게 좋은 관계를 두고 다른 궁리를 한다는 게 너무 배부른 소리 같잖아. 그런데 아버지 건강이 안 좋아지고, 대구에서 지내면서… 너랑 떨어져 있게 됐고 내가 너한테 의존하고 있었을 뿐이라는 생각이 들었어."

무영의 변명은 악의 없이 호연을 찔렀다. 결혼하면 더 좋아질 거라고 생각하는 일이 잘못된 건가. 이 재미 없는 삶이, 불쾌하고 작은 집에 사는 것이, 혼자서는 더 좋은 조건의 집을 찾을 수도 없는 상황이, 결혼하지 않은 적령기의 사람들을 안줏감처럼

쓰는 사람들이 결혼으로 해결된다고 생각하는 게, 나쁜 건가.

"그게 이상한 생각이야?"

"… 나한테는 그래. 너한테 내 삶의 책임을 지우고 싶지 않아. 그렇게 했는데, 우리 관계가 잘 돌아가지 않으면 나는 결국 너를 탓하게 될 거야."

호연은 자신에게 아무런 힘도 없음이 느껴졌다. 말 한 번 더듬지 않고 이런 얘기를 하는 무영을 어떤 말로도 설득할 수 없을 것 같았다.

호연이 처음이자 마지막으로 돌아봤을 때, 무영은 이미 그 자리를 떠나고 없었다. 모든 게 사라진 게 실감 났다. 서울로 올라가는 기차에 올라타 예매한 자리를 찾아 앉자 피로가 쏟아졌다. 눈을 길게 감았다 떴다. 눈이 건조해 앞이 흐릿하게 보였다.

'너를 탓하게 될 거야.'

무영의 말이 떠올랐다. 호연은 이미 몇 번이고 무영을 탓해왔다. 무영에게 없는 것들을 생각하며 헤어짐을 수도 없이 궁리했다. 무영의 말이 맞았다. 둘은 함께 살면서 서로를 탓하게 될 것이었다. 호연에게는 하고 싶은 말을 참을 때 여는 작은 상자가 있었다. 그렇게 작은 상자 안에 넣어둔 것들은, 그 목표가 상상했던 모습과 다르다는 생각이 들 때 터져 나올 것이었다. 이 삶을 선택한 과거의 자신이 가지 않은 다른 길을 자꾸 상상하면서. 호연은 지금껏 무영과 헤어질까 고민하다가 고개를 젓는 순간마다 자신을 탓했다. '누구를 만나든 나는 이럴 거야. 갖지 못한 걸 아쉬워하겠지.' 그렇게 달래왔던 시간이 의미 없이 사라져버린 것만 같았고, 동시에 더는 그럴 필요가 없다는 게 홀가분한 것 같기도 했다.

"이런 생각을 하는 나를 돌이킬 수가 없어 호연아. 불안에 쫓기는 선택을 할 순 없어."
"만약에 네가 불안하지 않았다면 우리가 헤어지지 않았을까."
"호연아."
"헤어졌겠지. 불안하지 않으니까 헤어졌겠지. 그래."

그래. 그만큼이 아니었겠지. 불안이 아니면 우리를 묶어둘 수 있는 게 없는 거겠지.

사실 헤어지는 순간을, 호연은 너무 많이 상상했는데, 모두 호연이 헤어지자고 하는 경우뿐인 데다가 그 상상이 정말 일어날 거라고는 생각하지 못했지만, 묵직한 혼란 아래 알 수 없는 희망이 느껴졌다. 그 어느 때보다 차분한 마음이 모순 같았지만, 순방향의 기차는 불안으로부터 멀리 달아나 하루 늦은 봄을 향해 가고 있었다.

essay
끝없는 결말에 대하여

"누군가의 죽음을 보면 인생은 짧고 한 번뿐이란 걸 배우게 되지."*

중요한 순간에야 단순해지는 법을 배운다. 원하는 것이 늘 선명하길 바라도, 상황과 감정에 파묻힌 것들을 구분해 내기는 늘 어려웠다. 시간을 끌다가 궁지에 몰린 결정은 얼마나 오래 삶을 유예해 왔나. 나는 얼마나 본디 그래야 할 것보다 더 늙고 말았나.

누군가의 부고를 받으며 나는 타인의 삶과 내 것이 파도처럼 밀려오는 것을 느낀다. 나의 외로움과 관계의 새로운 국면을, 사랑과 과거의 얼굴을 본다. 시간이 멈춘 죽음의 처소에서 사람들은 만나고, 자신의 일부를 그 곁에 두고 온다. 어떤 결속은 굳건해지고, 새로이 짝지어지고 이별하는 것들 속에서 나는 필요를 발견한다. 죽음의 맨얼굴 앞에서 탄

*<Anne with an E> series season 2 episode 7

생하는 약속과 지난 시간과의 헤어짐이 우리를 살아가게 하는 게 아닐까. 죽음을 물끄러미 바라보며 내가 삶을 얼마나 사랑해서 그들을 위해 우는지, 그만큼 나를 사랑하지 않았던 순간들이 얼마나 부끄러운지 배운다.

선택의 순간, 절벽 끝에서 나는 결국 뛰어내린다. 원하든 그렇지 않았든, 뒤로는 갈 수 없다. 그렇게 셀 수 없이 많은 절벽과 뛰어내림, 혹은 밀려 떨어짐이 있었다. 겹겹이 쌓인 결정 위에는 변화가 일었는데, 변화를 감싼 것은 대체로 불안이었다. 발밑에서 들썩이는 내일이 두려운 이유는, 그래서 선택을 미루는 버릇은, 나를 이야기 할 언어를 밖에 두면서 생겼다. 자신을 온전히 책임지기 겁이 나서 나 아닌 것에 의존하는 마음이, 타인의 성취와 나의 삶을 비교하게 했다. 보호가 필요한 존재로 살아가기를 택하고 싶은 마음과 다투느라 진이 빠지는 날도 있었다.

굵직한 삶의 퀘스트를 받고도 호들갑 떨지 않는 것처럼 보이려는 나는 사실 다리를 부들부들 떨었다. 머리와 마음, 몸이 따로 제 갈 길을 가고, 나는 자유로운 사람이라고 말하는 머리와 그것을 진심으로 받아들이지 못하는 마음이 다퉈 몸이 아프다. 터질 것 같은 심장으로 떨리는 손을 감추고, 경련이 올 것 같은 입꼬리를 올려 능글맞은 미소를 지었던 순간이 얼마나 많았는지. 그런 약함을 사람들에게 보여줄 수 없어서 뒤돌아 울었던 숱한 날들과 솔직하지 못해서 원하는 것을 선택할 수 없던 날은 또 얼마나.

불안을 이유로 지속해 온 선택과 성취들. 불안을 또 다른 불안으로 해소하는 임시방편의 돌려막기를 언제까지 계속할 수 있을까. 등 떠밀려 한 선택은 늘 가지 않은 길을 떠올리게 한다. 무영처럼 그걸 끊어낼 수도 있을까. 어쩌면 그것 역시 불안의 말로였을지도 모르지만. 하지만 나는 역시 호연이기도 하고, 성우만큼 타인에 지나친 관심을 갖기도 한다. 이야기 속 모두는 언제나 나를 대변한다. 나인 것과 나 아닌 것의 모습으로. 이야기 속에서 내가 볼 수 있는 것은 호연이 보는 것뿐이지만, 가장 중요하게 보이는 것은 무영의 선택이다. 우리를 가장 변화시키는 것도 그의 선택이다.

내일을 살고 싶어 하던 사촌의 메마른 얼굴을 떠올리며 나는 죄책감을 느낀다. 스물다섯의 그는 정말로 다시 건강해질 수 있다는 희망을 가졌을까. 희망이 그를 무섭게 하진 않았을까 두렵지만 그 희망이 죽음 앞에서도 굳건했기를 바란다. 그것은 어두운 곳에서 스스로 피어나는 것이기 때문이다. 그래서 십 년이 지난 지금도 오늘의 날씨를 만끽하지 않은 죄로 나는 여전히 그에게 빚을 지고 있다.

영화를 보거나 소설을 읽을 때면 결말을 향해 달려가는 기분이 된다. 과정보다는 결말을 궁금해하면서, 질문보다는 답을 알고 싶어하면서. 삶과 이야기의 다른 점 중 하나는, 삶은 시간이 흐르는 것이 아니라 지금이 영원히 지속하며 무언가를 관계 짓거나 답을 낼 수는 없게 만든다는 것이다. 러닝타임의 끝에 커서를 대고 클릭할 수도, 마지막 페이지를 펼칠 수도 없다. 그 모든 선택으로 벌어질 일들을 결코 한눈에 볼 수는 없는 게 삶이다. 그래서 나는 시작과 끝이 있는 이야기 속에서 안정감을 느끼고, 결말에 도착해 숨을 고른다.

삶은 동시에 모든 곳에서 펼쳐진다. 이야기는

의식의 흐름대로 등장인물의 위치를 옮겨가며 이야기를 끌고 간다. 삶 역시 한 곳에 묶여있다는 느낌을 받지 않는다. 과거마저 얼마든지 바꿀 수 있다. 내가 오늘 어떤 사람이기를 선택하느냐에 따라 과거는 새로워지고 지금에 영향을 미친다. 끝은 영영 오지 않는다. 선택이 부른 변화만이 삶을 배울 유일한 방법임을 영영 노래하고 싶다.

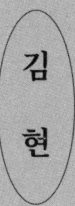

우리가 희우정로에서 만날 확률은

essay

아름다운 너에게

우리가 희우정로에서 만날 확률은

소현은 도연에게서 받은 청첩장을 매만지며 마음속으로 어디든 다녀와야겠다는 말을 되뇌었다. 먹고살기 위해 애쓰는 풍경이 아닌 다른 풍경을 보고 싶었다. 멀리, 더 먼 바깥을 내다보고 싶은 심정이었다.

정신없이 출근을 준비하는 대신 아침 햇살에 눈이 부셔 자연히 눈을 뜨고, 정성스레 내린 커피 한 잔을 들고 창가에 앉아 연둣빛으로 물들기 시작하는 산과 마당의 꽃나무, 새와 고양이와 개를 바라보며 행복감을 느끼고 싶었다. 시간에 맞춰 끼니를 때우는 게 아니라 소박한 재료로 요리한 음식을 먹으며 허기를 채우고 싶었다.—손가락 크기로 썬 당근을 적당히 구운 후에 파슬리 가루를 넣은 요거트를 뿌려 먹는 상상을 하면 입안이 달짝지근해졌다.—설거지는 뒤로 미루는 게 좋겠지? 샴푸와 보디 클렌저를 사용하지 않고 미지근한 물로 머리카락과 몸을 충분히 적시고 마사지한 후에 가벼운 세안으로 마무리. 스킨은 건너뛰고 로션을 발라준 후에 은은한 우디향 샤워 코오롱을 뿌려 주면 비에 젖은 숲의 고요함이 물안개처럼 몸으로 스밀 것 같았다. 그 상태로 잘 마른 티셔츠와 니트 조끼를 걸치고 나일론 재질의 편안한 반바지를 입은 후에 도톰한 흰 양말을 정강이까지 끌어올리고, 발이 편한 운동화를 신고, 작은 배낭을 메고 봄의 강변을 느릿느릿 걷고 싶었다. 적적하다 싶으면 이어폰을 끼고 '혼자 여행할 때 들으면 좋은 노래' 플레이리스트를 찾아 듣다가 그리운 이에게 연락해도 더할 나위 없겠다 싶었다.

그게 원준이라면….

소현은 고갤 가로저으면서 동시에 안 될 것도 없다고 생각했다.

도연은 모르는 일이지만, 사실 원준에게 호감을 먼저 느낀 건 소현이었다. 특별한 계기가 있었던 건 아니고, 소현이 입사한 지 한 달이 채 지나지 않았을 무렵이었다. 오전 팀 회의를 앞두고 복사기 토너를 교체하지 못해 끙끙대던 소현을 대신해 원준이 토너를 교체해 주었고, 우연하게도 그날 오후 파쇄기가 갑자기 멈춰 당황해하는 원준을 대신해 소현이 파쇄기를 분리하여 스테이플러 심이 박힌 종이 뭉치를 꺼내주면서 둘은 다음날 모닝커피를 함께 마시게 됐다. 업무와 회사 생활에 관한 얘기가 자연스럽게 오고 갔고, 간간이 사적인 영역의 얘기를 주고받았다.

원준이 사내 댄스 동호회를 이끌며 매해 창립기념 체육대회에서 공연한다는 사실을 알게 되었고(그러고 보니 이 대리님 신원이랑 좀 닮으신 것 같아요. 네? 위브 모르세요? 요즘 엄청 핫한대. 두산위브는 아는데.), 원준의 눈웃음이 신원보다 자신의 최장수 아이돌 태형과 더 닮았다고 느끼며 소현은 떨리는 마음으로 '덕질의 역사'를 고백했다(아시죠? 잘 알죠, 클릭비는!). 소현은 원준이 <Dreaming>에 맞춰 추는 춤을 진심으로 보고 싶었다.

그러니까 그저 그날 아침 따뜻한 커피 한 잔 때문이었다.

—월급도 들어왔는데 퇴근하고 맥주 한잔?

진혁이었다.

청첩장 봉투 뒷면에 여러 방향으로 선을 긋던 소현은 컴퓨터 바탕화면에 나타난 메신저 창을 보고서야 시간을 확인했다. 퇴근까지 30분이 남아 있었다. 주위를 살펴보니 금요일답게 모두 일찍부터 부산스러웠다. 소현은 답을 잠시 고민했다. 그러고 싶기도 했고, 그러고 싶지 않기도 해서였다. 그러고 싶은 건 진혁 때문이었고, 그러고 싶지 않은 것도 진혁 때문이었다.

두 사람은 같은 본부의 다른 팀으로 그다지 살가운 사이는 아니었다. 소현은 매사 좋은 게 좋은 거라는 식으로 구는 진혁이 못마땅했고(입만 살았어. 입만. 뭐가 그렇게 맨날 괜찮은 거야. 연차가 그 정도도 됐으면 아랫사람도 생각해 줘야지), 진혁은 사사건건 이유를 찾으려는(조직 생활이라는 게 그런 게 아니잖아요. 나서면서 물러서고 물러섰다가도 나서고 그러는 거지) 소현이 답답했다. 일하는 방식이나 업무 태도도 태도지만 소현은 진혁이 '금사빠'라는 것도 거슬렸다. 처음에는 도연에게, 다음에는 미은에게, 그다음에는 보나에게. 속마음이야 그렇다 치고 그걸 공공연하게 티 내며 온 회사 사람들이 다 알게 하는 건 도무지 이해할 수 없었다. 일할 때는 우유부단하고 연애할 땐 가벼운 사람. 소현은 딱 질색이었다. 반면, 진혁은 별다른 생각이 없었다. 진혁에게 일은 일이고 사람은 사람. 일 때문에 사람을 싫어하거나 좋아하지 않았고, 사람 때문에 일을 싫어하지도 좋아하지도 않았다. 모두에게 잘해주고 모두에게 미움받지 않고자 하는 사람이 진혁이었다. 성향이 이처럼 다른 두 사람이기에 누군가가 아옹다옹하다 정든다는 식의 농담이라도 하면 소현은 정색했고, 진혁은 무덤덤했다. 아무리 금방 사랑에 빠진다 해도 진혁의 마음이 소현에게로 향하는 일은 없을 거라고, 향한다 해도 소현이 받아들이는 일은 절대 없을 거라고 둘을 아는 모두가 확신하는 것도 이상할 게 없었다.

 그러나 사람들이 눈치채지 못한 사실이 있었다. 두 사람은 회식 때면 서로의 빈 잔에 술을 가장 자주 채워줬고, 취기가 오르면 누구보다 먼저 서로에게 말을 놓았다. 속생각을 허심탄회하게 얘기하고 남에겐 쉬이 말 못 할 개인 사정을 털어놨다. 그 중에는 진혁이 고등학교 때까지 보육원과 그룹홈을 옮겨 다녔다는 얘기도 있었다. 소현에게는 낯설고도 낯설지만은 않은 이야기였는데, 소현 역시 부모의 이혼으로 유년 시절을 이모님 댁에서 보냈기 때문이다. 소현은 다행히 그룹홈 큰어머니가 좋은 분이셨다고 말하는 진혁에게, 진혁은 다행히 이모와 이모부가 자기 자식들처럼 차별 없이 대해주셨다고 말하는 소현에게 잘 컸다고 말해주었다.

이런 두 사람의 관계가 어딘가 애매해진 건 지난겨울 회식부터였다. 본부장까지 실무에 붙었을 정도로 고생스럽던 프로젝트가 무사히 마무리된 것을 자축하는 자리였다. 왁자지껄한 돼지갈비 집에서 둘은 여느 때처럼 마주 앉아 고기는 굽는 둥 마는 둥 하며, 고기를 먹는 둥 마는 둥 하며 술을 따라줬고 차츰 말을 편히 했다. 안주 한 점에 술은 두 잔. 본인들만의 암묵적인 음주 페이스를 지키면서, 건배도 없이 각자 알아서 잔을 비우면서 그간 쌓인 불만과 서운함, 고마움과 미안함을 열띠게 토로했다.

술자리 분위기가 무르익자, 개발부 막내 명호

진의 소개팅 이야기가 전체적인 화제에 올랐다.

평소 남자는 얼굴이라고 말하던 호진이었기에 상대방의 미모가 관심사였다. 별명이 '왕십리 손석구'라고 해서 만났는데, 예상보다 더, 100퍼센트까진 아니어도 한 70퍼센트는 손석구였다고 했다. 무엇보다 가슴이랄지, 몸통이 두꺼워서 와이셔츠 핏이 제대로 살았다고 했다. 문제는 호진보다 열네 살이나 많은 연상이라는 것. 소현이나 다른 사람들 눈엔 그래봤자 마흔이었지만, 이십 대인 호진에게 사십 대란 그냥 '아재'였다. 정보라 대리는 그동안 만난 사람이 다 연하였다고 하니 갭이 꽤 커 보일 수도 있는데, 나이보다 손석구에 방점을 찍으라고 말했다. 최진영 차장이 나이 사십에 셔츠 핏을 유지하는 게 쉬운 게 아니라며, 자기 관리를 안 하는 사람보다는 하는 사람이 낫다고 거들었다. 본부장인 래리 서의 생각은 좀 달랐다. 호진 씨를 가족같이 생각해서 하는 말이라며 그런 남자가 나이 마흔이 되도록 혼자면 뭔가, 어딘가 하자가 있어도 있는 거라고 서 본부장은 씩 입꼬리를 올렸다. 소현은 미간을 찌푸리며 다른 건 다 필요 없고 네 마음이 가는 대로 하면 된다고, 그래야 후회하지 않는다고 말했다. 묵묵히 듣고만 있던 진혁이 고갤 끄덕이며 나는 데 순서 있어도 가는 데 순서 없다고 난데없이 중얼거렸다. 무슨 말이야, 저게 지금. 모두가 어리둥절해하는데 오로지 호진만이 그죠? 인생 한방이죠. 대꾸했다. 두 사람이 완성한 오리무중 때문에 다들 한바탕 헛웃음을 터뜨렸고, 호진과 왕십리 손석구 스토리는 그래도 몇 번은 만나보라는 뻔한 응원으로 결론 났다. 두 주먹을 불끈 쥐며 파이팅을 다짐하는 호진을 보며 소현은 남모르게 부러움을 느꼈다.

소현씬 요즘 누구 없어?

허정훈 부장이었다.

네? 저는 뭐 그냥….

요즘이 뭐야, 언제 있긴 있었어? 누구 만난다 소릴 들어본 적이 없는데.

아, 네. 뭐. 있다가도 없고 없다가도 있고….

있어? 누구? 회사 사람? 내가 아는 사람이야? 혹시 금사빠 진혁 씨? 미운 정도 정이라더니!

2차 때부터 게슴츠레하게 눈이 풀려 있던 허 부장은 눈을 가늘게 뜨며 소현을 봤다. '저 새끼 또 시작이네' 하는 분위기가 되려는 찰나에 보라 대리가 술잔을 들더니, 솔로가 최고다, 건배! 쾌활하게 외쳤다. 1년 반 전만 해도 결혼을 예찬하던 그녀였는데, 최근 시댁과의 트러블이 이만저만한 게 아니었다. 소현은 진혁과 잔을 부딪치면서 갑자기 진혁이 왜 소환됐는지를 생각했고, 자신이 근래 진혁에 대해 자주 얘기했다는 걸 깨우쳤다. 대부분 일과 관련된 것이었고 그러니 일말의 애정도, 없었다.

2차에서 3차로, 3차에서 4차로 옮기며 술자리는 작아지고 하나, 둘, 셋씩 쪼개졌다. 한 사람(허 부장)은 눈을 반쯤 감은 채 손으로 안주를 집어 먹는 지경에 이르러 있었고, 기혼자 두 사람(정 대리, 최 차장)의 시댁 뒷담화에 과몰입한 한 사람(명 사원)은 종업원으로부터 여러 차례 주의를 받았으나 아랑곳없이 목청을 높였다. 두 사람, 소현과 진혁의 대화는 사내 정치와 인사 평가, 취미 생활과 휴가 계획, 보호 종료 청소년의 실태를 파헤친 한 시사 프로그램과 등록금 대출 상환, 집값과 고금리로 이어졌고, 뜻하지 않게 연애 이야기로 가닿았다.

얘길 꺼낸 건 진혁이었다. 혀가 삼분의 일쯤 꼬

인 어눌한 말투로 진혁은 도연의 매력을—소현이 듣기엔 도연이 가진 매력이 아니라 진혁이 도연에게서 찾아낸 매력에 가까웠다—얘기했고, 원준과 도연이 사귀게 된 건 자신이 원준을 자극했기 때문이라고도 했다. 소현은 자기가 아는 원준은 고작 그런 이유로 연애를 시작할 사람이 아니라고 생각했다. 그러나 자기가 모르는 원준이라면, 남자가 보는 남자와 여자가 보는 남자는 아무래도 다르다니까, 만약 진혁의 말대로 그것이 여러 이유 중 하나라면… 원준을 향한 자신의 마음까지도 상처를 입을 것 같아서 소현은 연거푸 소주 두 잔을 비웠다. 진혁이 습관처럼 소현 앞에 놓인 작은 접시에 도토리묵 하나를 올리고 그 위에 채 썬 오이 하나, 다시 그 위에 쑥갓을 올렸다. 소현은 젓가락으로 쑥갓과 오이를 걷어내고 도토리묵을 반으로 가른 뒤 하나를 집어 먹었다. 진혁이 아무렇지도 않은 듯 잔을 들어 맥주를 마시곤 내려놓았다. 소현이 답하듯 진혁 앞에 놓인 작은 접시에 도토리묵 하나를 올리고 그 위에 채 썬 당근 하나, 다시 그 위에 상추를 올렸다. 진혁은 숟가락으로 안주를 떠 한입에 넣었다. 이쯤에서 뭔가 그럴싸한 연애 얘기를 털어놓으면 좋으련만, 하고 소현은 궁리했지만, 소현에겐 원준이 처음이자 마지막이었다. 진혁은 음식을 꼭꼭 씹어 삼킨 후에 도연이 퇴사한 원준과 사귀게 된 후에도 한동안 도연을 좋아했고, 퇴사한 도연이 원준과 헤어진 후에도 도연을 한동안 좋아했지만, 이제는 마음을 깨끗이 비웠다고 했다. 그러면서 이런저런 말들이 많지만, 회사 사람 중에 진짜 좋아한 사람은 도연 말고는 없다고 힘을 주어 말했다. 뭘 또 저렇게까지. 소현은 심드렁한 표정으로 앉아 있었다. 진혁의 무구함이, 누구도(심지어 자신까지도) 다치지 않게 하려는 무해함이 거짓처럼 느껴졌다. 이원준 대리님이 도연을 사귀는 동안에도, 원준 선배가 도연과 헤어진 뒤에도 원준을 좋아했으니까, 원준을 좋아하니까 내 마음은 여전히 더러운 건가. 소현은 씁쓸하게 웃었다.

원준과 헤어졌다는 소식을 담담하게 전하는 도연을 안타까워하면서도 다시 기회가 온 것 같아 기뻐했던 소현이었다. 도연에게 미안했지만(어차피 끝났으니까), 원준을 향한 자신의 오랜 진심을 도연이 알게 된다면(네가 정말 힘들었겠다) 이해받을 수도 있을 거라 믿었다(사랑이 죄는 아니니까). 도연만 괜찮다면 용기를 내서 원준에게 고백하고 싶었다. 그러나 소현은 누구에게도 말하지 못했다. 5년 만에 큰 다툼 없이, 어쩌면 자연스럽게까지 보였던 이별 후에 두 사람이 예상보다 힘들어 했기 때문이었다. 소현은 옛 회사 후배이자 옛 여자친구의 친구로, 입사 동기이자 사회생활 첫 '찐친'으로 두 사람과 연락을 주고받으며 내색할 수 없는 불안과 절망의 시간을 한동안 감내해야만 했다.

진혁에게 '한동안'은 어떤 시간이었을까?

소현은 진혁의 표정을 살폈다. 혼자 하는 사랑도 나쁘지 않았다고, 자기 스스로 순애보라 일컫는 진혁의 이야기 속에는 어느 한 계절이 선명하게 자리하고 있었다. 벚꽃이 짧게 피고 지는 계절, 봄이. 한 사람을 좋아하면서도 늘 겨울 눈보라 속에 서 있는 것 같은 자신과는 달리 그 봄날의 온화한 바람이 진혁을 부드럽게 감싸고 있는 것 같았다. 취기로 붉어진 진혁의 두 뺨이 별안간 예뻐 보였다. 소현은 고개를 절레절레 흔들며 술을 그만 마시고 집으로 가야겠다고 마음먹었다. 주섬주섬 짐을 챙겼다. 진혁은 '진짜 이야기는 지금부터 시작인데' 하는 아쉬운 얼굴로 소현에게 애잔한 눈빛을 보냈다. 후— 소현은 깊은 한숨을 내쉬었다. 그 눈빛의 의미를 단번에 알 수 있었다. 자신도 그런 눈빛으로 한 사람을 바란 적이 있기 때문이었다. 소현은 자기 자신조차 말릴 새 없이 진혁에게 속삭였다.

저 이원준 대리님 좋아해요.

택시 안에서 소현은 자신이 한 말을 곱씹었다. 이원준 씨, 원준 님, 이 대리님이라고 할 걸 그랬나, 지금도 좋아한다고 더 정확히 말했어야 했나. 아니면 사랑이라고… 소현은 창문을 살짝 내렸다. 밀려 들어오는 바람을 맞으니, 술기운이 줄고 몽롱했던 정신이 차츰 맑아졌다. 필름이 끊겼다고 거짓말을 해야지. 두근대는 마음을 진정시켰다. 최 대리님은 기억하려나? 소현은 진혁이 그 눈빛을 기억했으면 싶으면서도 또 기억하지 못했으면 좋겠다고 바랐다.

이튿날 아침, 진혁의 자리는 비어 있었다. 전날 인사불성이 된 사람들을 차례대로 택시에 태워 보내고도 정작 본인만 출근에 실패한 것이었다. 그 일로 진혁은 회식 다음 날 휴가 사용을 좋아하지 않는 부장에게 찍혀 한동안 요즘 애들은 정신력이 어쩌고저쩌고하는 놀림 섞인 갈굼을 당했다. 물론 그 덕에 최 차장, 정 대리, 명 사원에게 순댓국과 아이스 아메리카노, 조각 케이크를 얻어먹었다. 소현은 달리 해줘야 할 이유도 못 느끼는 가운데 진혁에게 액상 멀티비타민 하나를 건넸다. 언제 일어났는지 기억이 나지 않는다고 둘러대려는데, 내가 필름이 끊겨서, 소현 씨는 잘 들어갔죠? 진혁이 선수를 쳤다. 소현은 다행이다 싶으면서도 그래서 어디까지 기억이 난다는 건지, 정말 하나도 기억나지 않는다는 건지 진혁의 말이 계속 신경 쓰였다.

 그 후로도 두 사람은 여러 회식의 일원이 되어 함께 술을 마셨다. 하지만 둘 다 그날 일을 입 밖으로 꺼낸 적은 없었다. 소현은 자신이야 그렇다 치고 진혁이 일부러 그 얘길 피하는 것 같아 이상한 기분이 들었다. 자신이 원준을 좋아하는 것이 자기가 나를 좋아하는 데 무슨 문제가 되나. 또 문제라 해도 그것까지 돌파하려는 게 사랑 아닌가. 소현은 진혁

정도면 나쁘지 않다고, 흔들렸다. 평소 배우 안재홍이 연기한 '정봉이'를 이상형이라 말하던 소현이니 마르고 길쭉한 원준보단 진혁이 이상형에 더 가까운 것도 사실이었다. '이상형은 이상형일 뿐.' 소현은 원준을 떠올렸다가 진혁을 떠올렸다 하기를 반복했다.

진혁이 알고 있는 것, 모르는 척하는 것, 자신이 알고 있는 것, 모르는 척하는 것이 소현은 마음 쓰였다. 예전처럼 진혁을 진혁으로 대할 수가 없었다. 예전과 똑같이 자신을 대하는 진혁에게 은근히 서운한 마음이 들었다.

그러니 오늘도 원준과….

그러나 오늘은 진혁과 시간을 보내기로 소현은 결심했다. 어느새 뒷면이 까매진 청첩장 봉투를 책상 서랍에 넣고 답을 보냈다.

―안 그래도 한잔하고 싶었는데!
―굿! 호진이랑 홍보부 은수 씨도 부를까요?

소현은 아무렴 어때, 하려다 말고, 보낼까 말까

망설이다가 메시지를 적어 보냈다.

—오늘은 조촐하게 둘이서?

 메시지 앞에 숫자 표시가 이내 사라졌는데도 진혁에게선 가타부타 말이 없었다. 소현은 괜한 짓을 했나 싶었다. 혹시나 다른 사람들에게 먼저 물어봤을 수도 있을 텐데. 넷도 괜찮다는 말을 메신저 창에 입력하고 전송하려던 찰나였다.

—어디로?

 진혁의 대답에는 다르게 생각한, 다르게 생각할 여지가 없다고 소현은 생각했다. 물음에 충실히 답하는 물음이었다.
 오늘은, 둘이서.
 그러니 어디로.
 그러자고 해놓고 정작 자신이 그 물음에 답하기 주저하는 건 아닌지. 소현의 마음은 출렁였다. 어디로 가야 할까? 소현은 길을 찾는 마음으로 휴대전화 지도 앱을 실행했다. 그간 하나둘씩 표시해 둔 맛집들을 살폈다. 동료들과 급작스러운 술자리를 잡을 땐 '회사 앞에서 간단히'가 국룰이지만, 영등포 일대를 돌던 소현의 손가락은 어느새 섬으로 향했다. 도연이 프러포즈를 받았다는 유럽식 요리 식당이 있는 곳이었다.

　―섬 어때요?
　―섬?
　―노들섬!
　―노들섬? 거기 뭐가 있지?
　―겉바속촉 독일식 족발과 생맥주 그리고 한강뷰?
　―오, 좋은데요.
　―6시 10분에 주차장에서 볼까요? 제 차로 가요.
　―차 가져가게?
　―네, 대리 부르죠. 뭐.
　―오케이.

6시가 되자마자 소현은 겨우내 사무실에서 걸쳤던 경량 패딩을 그대로 입고 지하 주차장으로 내려왔다. 차에 올라탔다. 손에 들고 있던 재킷과 가방을 조수석에 둘지, 뒷좌석에 둘지 잠깐 고민하다가 조수석에 내려놓고 핸드폰을 확인했다.

어제 청첩장 모임의 여파 때문인지 소현과 도연이 포함된 단체 채팅방에는 메시지 수십 개가 또(!) 올라와 있었다. 소현은 화면을 움직여 확인하다 중도에 그만두고 최신 메시지 몇 개를 꾹 눌러 하트를 보낸 뒤 '칼퇴'와 '설렘' 이모티콘 두 개를 연이어 남긴 후에 톡을 닫았다. 소현은 식당을 검색하여 리뷰를 찾아 읽었다. 금요일에는 대체로 대기를 해야 한다고, 학센은 조리 시간이 길어 예약이 필수라는 후기가 많았다. 소현은 지금이라도 예약을 해둘까 망설이다가 너무 준비한 것처럼 보일까 싶어 관뒀다. 자리가 없으면 기다려도 되고, 근처 다른 가게로, 근처에 뭐가 없으면, 한강 공원으로 가면 되겠지 싶었다.

식당의 별칭이 '세상에서 가장 아름다운 정육점'이라는 것까지 확인한 소현은 앱을 닫고 핸드폰을 손에 꼭 쥐었다. 세상에서 가장 아름다운 곳에서의 프러포즈 대신 부러 정육점에서의 프러포즈를 떠올렸다. 정육점에서 보는 야경이 얼마나 멋지

길래 도연은 연신 야경 덕분에 프러포즈의 감동이 두 배가 되었다고 했을까. 소현은 운전석에 몸과 머리를 한껏 기대고 앞유리창으로 시선을 옮겼다. 흰 벽을 얼마간 멍하니 응시했다. 거기 붙어 있던 검은 형체가 기화하듯 스르르 사라지는 것을 보다가 소현은 눈을 감았다. 십 분이 지난 것 같은데 진혁은 내려올 생각이 없었다. 연락도 없었다. 소현은 시간을 확인해 보려다가 말았다. 눈을 감은 그대로 기다렸다.

잠시 뒤, 진혁이 운전석 유리창을 톡톡톡 두드렸다. 소현이 흠칫 놀라며 일어나 차에서 내렸다.

미안, 미안. 나오려는데 부장님한테 잡혀서….

진혁이 뒤로 몇 걸음 물러서며 미안한 표정을 지었다. 그제야 주차장 입구 쪽에 멀찌감치 떨어져 선 수경이 소현의 눈에 들어왔다. 수경이 환한 얼굴로 허리를 숙여 인사를 해왔다. 소현은 어색한 웃음을 지으며 손을 흔들었다. 진혁과 수경을 번갈아 가며 살폈다. 진혁은 자초지종을 설명했다. 수경 씨한테 신세를 진 게 있어서 저녁을 같이 먹기로 했는데 그게 하필이면 오늘이었다는 얘기였다. 연신 미안해하는 진혁을 보며 소현은 그래서 어쩌자는 건지, 셋이 같이 가자고 해야 하는 건지, 다음에 보자고 해야 하는 건지, 머뭇머뭇했다.

괜찮죠?

진혁이 소현을 바로 보며 말했다.

네? 아, 그럼요.

소현은 뭐가 괜찮은지 묻는지도 모르면서 얼결에 대답했다. 진혁은 그제야 안심이 되는지 움츠려 있던 몸을 펴며 가요, 수경 씨, 하고 외쳤다.

소현, 그럼 우린 다음 주에 꼭 섬 가요. 찾아보니까 노들섬이 백로가 노닐어서 노들섬이래!

진혁이 해사한 얼굴을 보이며 뒤를 돌아 수경에게로 걸어갔다. 소현은 진혁의 뒷모습을 바라보고 섰다가 다시 차에 올라탔다. 두 사람이 탄 차가 주차장을 빠져나가는 것을 지켜봤.

셋이라도 괜찮지 않았을까?

소현은 핸드폰으로 내비게이션 앱을 열고 주소 입력 창을 쳐다보다 이내 종료했다. 어디든 가야겠다고 생각했다. 다른 풍경이 보고 싶었다. 조수석에 놓인, 봄기운에 홀려 너무 일찍 걷치고 나온 얇고도 화사한 것들을 뒷좌석으로 휙 던졌다. 점심때 후배 혜정에게 들은 말이 기억났다.

올봄에는 황사가 심할 거라고 하더라고요. 각오해야겠어요. 비라도 자주 왔으면. 날이 갑자기 따뜻해져서 벚꽃이 예년보다 일찍 필 거예요. 망원동 희우정로 가보셨어요? 벚꽃 명소인데, 저는 매년 가요. 선배는 봄 타죠? 저는 가을 타는데.

두서없네, 참. 소현은 봄을 타는 것과 가을을 타는 게 어떻게 다른지를 열심히 설명하는 혜정이야말로 3월이 되자마자 열심히 봄을 타고 있다고 생각했더랬다. 소현은 봄에는 바람을 타고 가을에는 햇빛을 탄다는 혜정의 말을 곱씹으며 희우정로에서 우연히 원준을 보게 되는 어느 봄날을 상상했다.

한 직장에서 근무하다 이제는 뿔뿔이 흩어져 일하는 옛 동료들과 오랜만에 뭉치기로 한 날이다. 아침 일찍 눈이 떠진 소현은 이렇게 된 김에 약속 장소 인근 카페에서 브런치를 먹고 차를 마시며 책을 읽어야겠다고 생각한다. 일찍 집을 나선다. 망원역에 도착하니 11시 30분. 소현은 서둘러 희우정로로 향한다. 이내 도로 양옆으로 길게 늘어선 벚나무들이 이룬 연분홍빛 터널이 나타나자 소현은 자신도 모르게 감탄을 내뱉는다. 벚꽃 명소답게 길은 이미 사람들로 북적인다. 소현은 흐드러지게 핀 꽃들과 상기된 사람들의 얼굴을 살피면서 마땅한 카페를 찾아 걷는다. 그러나 길을 따라 있는 가게들은 이미 만석이다. 평소 같으면 사람에게 질색하며 피로감을 느낄 소현이지만 그날은 어쩐지 그 모든 게 봄의 설렘으로 다가온다. 걷다 보니 어느새 인적이 드문 골목으로 소현은 들어와 있다. 아담한 소바 식당이 보인다. 창가에 앉은 한 사람이 상기된 얼굴로 바깥을 내다보고 있다. 그는 누군가를 기다리는 중이다. 소현은 확신한다. 누군가를 기다리는 얼굴은 반드시 티가 나기 마련이니까. 그 표정을 설핏 보았을 뿐인데도 소현의 가슴이 빠르게 뛴다. 가게 앞을 지나온 뒤에도 소현은 뒤를 돌아 한 번 더 그 사람을 보고, 그 얼굴을 빠져나오자 다시 벚꽃길이다. 기분 탓인지 조금 전보다 더 꽃들이 반짝인다. 소현은 절로 콧노래를 부른다. 일찍 나와 움직이기를 잘했다고 생각한다. 그때다. 소현은 한 카페 야외 테이블에 앉은 원준을 발견한다. 놀라 멈춰 선다. 한동안, 거기 그대로. 민트색 외벽의 카페와 분홍 꽃송이들 속에 포함된 원준이 활짝 웃는다. 그곳도 봄이군요…. 다가가려다 말고 소현은 핸드폰을 꺼내 그 풍경을 담는다. 원준을 우연히 보았노라고 도연에게 카톡을 남길까 하다가, 원준에게 메시지를 보낸다.

―선배, 저 보이세요? 저는 선배가 보이는데.

한 계절이, 두 계절이, 사계절이 흐른 것 같은 3분 남짓이었다.
소현은 아직 오지 않은, 이미 지나가버린 그 봄의 벚꽃을 꼭 한번 보고 싶었다. 그러면 깨끗한 마음이 될 것 같았다. 모든 게 기억난다고 한 사람에게 말할 수도 있을 것 같았다. 봄을, 봄바람을 타도 좋을 것 같았다. 멀리, 더 먼 곳으로 갈 수 있을 것 같았다. 확률적으로. 소현은 차를 움직이며 혼자 여행할 때 들으면 좋은 노래들을 재생했다.

essay

아름다운 너에게

이 소설은 제 첫 소설집 『고스트 듀엣』(한겨레출판, 2023)에 수록된 단편 「혼자만의 겨울」과 연결되어 있습니다. 혼자만의 겨울이라는 제목은 강수지가 부른 동명의 노래에서 따온 것으로, 혼자만의 겨울은 혼자만의 겨울 같은 분위기로 흘러갑니다.

한 사람을 오롯이 생각하는 것으로 겨울을 흘려보낸 사람은 어떤 봄을 맞이할까요?

'따뜻한 차 한 잔과 떠나는 기차여행'이라는 제목의 플레이리스트를 들으며, 그중에서도 시인과 촌장의 <풍경>을 반복해서 들은 덕에 소설의 시작을 풍경으로 삼게 되었습니다. 그래서 우리가 희우정로에서 만날 확률은 풍경 속에 있습니다.

서울시 마포구 희우정로(喜雨亭路)의 '희우정'은 현재 망원정으로 불리는 정자의 원래 이름으로 '비가 와서 기쁜 정자'란 뜻입니다.

희우정은 효령대군이 세종 6년(1424년)에 세웠다고 하는데, 세종의 형인 그는 아우에게 왕권을 양보하고 이곳에서 풍류를 즐기며 살았다고 합니다. 가뭄이 든 어느 해 세종이 형을 보기 위해 이 정자에 들렀을 때 마침 단비가 내려 기쁜 마음에 직접 이름을 지었다고 전해집니다.

때마침 내리는 단비와 같이 기쁨을 주는 사람. 당신에게도 그런 사람이 있(었)나요? 누군가에게 그런 사람이고자 애써봤나요?

그런 사람의 계절, 봄입니다.

이 봄 우리가 희우정로에서 만날 확률은 얼마나 될까요? 그 경우의 수에 '실제와는 다른' 꿈과 상상도 포함되어 있다면요.

그곳에서 제게 메시지를 보내주시겠어요?

여름에는 섬에서의 소식을 전하겠습니다.

추신
올봄에는 기차를 타고 어디든 다녀오려 합니다. 간이역에서 기다리고 있을게요.

김종완

아는 사이 (봄밤의 롤러코스터)

essay
가벼운 영화 한 편을 만드는 것처럼

아는 사이 (봄밤의 롤러코스터)

잠에서 깬 미현은 성가시게 엉겨 붙은 도깨비 바늘을 떼어내듯 눈을 뜬다. 밤이고, 그런 것 같고, 운전석에 영석이 있다. 미현은 운전석에 앉아있는 사람이 영석인 것 같은데, 그가 두 손으로 핸들을 잡고 자동차를 운전하고 있는 걸 잠시 바라보고 있다. 영석은 표정 없이 앞을 보고 있는 것 같은데 길을 보고 있는 건지 그저 창밖의 어둠을 보고 있는 건지 빨려 들어가고 있는 건지…… 알 수 없다. 미현은 그의 표정을 잘 읽을 수 없다. 외국어처럼.

자동차는 길 양옆으로 커다란 무덤 같은 언덕이 이어지는 국도를 달린다. 무덤 같은 언덕에 개나리들이 군데군데 피어있고 벚꽃 나무 가로수가 줄지어 있다. 끝을 알 수 없을 정도로. 풍성한 바람이 갑자기 훅 불면 벚꽃이 우수수 쏟아졌다. 창밖 풍경을 보며 미현은 봄의 경주를 떠올렸다. 이곳이 경주인 것 같지는 않고, 단지 미현은 기억 속에서 가장 비슷한 풍경을 꺼내 이곳이 경주라고 추측해 보았을 뿐이다.

'이 사람이 왜 내 차를 운전하고 있지?'
미현은 좀처럼 상황 파악이 되지 않는다. 영석이 영석인 걸 알아보는 데도 시간이 걸렸다. 미현은 작게 헛기침을 했다.
기척을 느꼈는지 영석이 표정 없는 얼굴을 부드럽게 한다.
미현은 왠지 모르게 측은한 마음이 든다. 왜 그런 마음이 드는지 잘 알 수 없다. (하지만 한편으로는 알 것도 같다.)

바람에 구름이 빠른 속도로 움직인다. 바람이 제법 세게 분다. 구름이 반만 모습을 드러낸 달을 가렸다가 내보이기를 반복했다. 영석의 얼굴이 밝게 보였다가, 어둡게 보였다가, 밝게 보였다가, 어둡게 보였다가, 그러다 그의 눈빛이 반짝였다. 샛별처럼. 미현은 잠시 멈췄다가, 영석에게 인사를 건넸다. 비스듬한 목소리로. 안녕하세요.

그렇게 건넨 인사가 미현은 어쩐지 어색했다.

영석이 어색하게 미소 짓는다. 별말이 없다.

영석과 미현은 회사 동료다. 미현은 영석과 거의 대화해본 적이 없지만 얼마 전부터 그에게 호감을 갖고 있다. 그가 사람들 속에서 어색하게 미소 짓는 모습이 좋아 보였다. 겨울이 지나고 공기가 좀 부드러워질 때쯤 왠지 그 모습이 눈에 들어왔다. 착해 보였다. 겨울이 지나서, 괜히 그런 마음이 들었던 건지도 모른다. 하지만 그가 정말로 착한 사람인지 알아볼 겨를도 없이 지난주 영석은 지방으로 전근을 갔다. 미현에게는 갑작스러운 일이었다. 자신이 괜히 호감을 갖는 바람에 그가 갑자기 전근을 가게 된 건지도 모른다는 생각이 들었다. 풍선이 찢어진 줄도 모르고 한껏 기대하며 풍선에 푸 바람을 불어넣은 기분이었다.

그리고 미현은 며칠 뒤 사내 게시판에 전해진 영석의 부고(訃告)를 봤다. 지방으로 내려가는 길에

고속도로에서 교통사고가 났고 영석은 한나절 동안 의식불명이었다가 사망했다고 했다. 전근을 간 것도 갑작스러운 일이었는데 그의 부고는 슬플 겨를도 없이 미현에게는 너무나 이상한 일이었다. 너무나 이상해서 슬프다는 마음도 들지 않았다.

부고 소식 끝에는 그의 장례식장 주소가 적혀있었다.

그저 호감을 가졌을 뿐 영석과는 같은 부서도 아니었고 아는 사이도 아니어서, 미현은 망설였다. 미현이 영석에게 호감을 갖지 않았다면 같은 회사를 다니지만 그들은 거의 모르는 사이라고 해도 상관없는 사이였다.

미현은 망설이다 늦은 밤 퇴근길에 부고란에 적혀있는 영석의 장례식장으로 갔다. 장례식장 주차장에 차를 대고, 자동차 시동을 끄고 한참을 내리지 않고 앉아있었다. 3분의 1쯤 열어둔 창문 틈으로 밤공기가 들어왔다. 봄밤은 아늑했다. 자신이 영석의 장례식장에 (갑자기) 와있는 게 이상했다. 그러니까 제대로 옷도 챙겨입지 않아서, 안에 들어갈 수는 없겠다고 생각했다. "그러고 보니. 그래서."

미현은 그저 주차장에 차를 대고 장례식장 안으로 들어가지는 않고 운전석에 계속 앉아있었다. 장례식장 입구를 오가는 사람들이 보였다. 아는 얼굴들도 몇몇 있었다. 미현은 눈물이 나지도 않고, 슬프지도 않고, 너무나 이상한 기분만 들었다. 아늑한 봄밤의 공기에, 기분이 아득했다. 이상한 기분 속으로 아득하게, 가라앉았다. 몸속 어딘가 깊은 곳에서부터 흙냄새, 풀냄새 같은 게 났다. 미현은 자신의 몸에서 그런 냄새가 난다고 생각했다. 길도 나 있지 않은 우거진 풀숲을 지나가는 것 같았다.

그리고 운전석에 영석이 있었다. 미현은 잠시 잠이 들었었고, 이제 잠에서 깼다고 생각했다. 꿈속에서. 영석이 운전하는 자동차는 장례식장 주차장에서 잠이 든 미현의 꿈속이었다. 그것이 꿈이라는 걸 미현은 알지 못했다. 그리고 꿈속에서 미현은 영석이 죽었다는 것도 알지 못했다.

영석은 웃을 때 입술을 꾹 다물고 웃는데 미현

은 그 모습이 어색해 보였다. 그 입 모양을 보고 있으면 자기도 모르게 미현도 그렇게 따라 웃게 되었다. 운전석에 앉아 있는 영석의 어색한 미소를 보았을 때 미현은 그가 정말 영석인 걸 알았다. 회사에서 퇴근을 하고 집에 가던 길이었던 것 같은데(꿈속에서는 그렇게 생각했다), 영석이 자신의 자동차를 운전하고 있는 게 좀 이상했다. 하지만 마음이 불안하다거나 겁이 나는 건 아니었다. 왠지 모르게 마음은 편했고 아마도 재미있는 일이 일어날 것 같다는 생각도 들었다. 그것도 좀 이상한 일이었다.

"미현 씨."

영석이 미현의 이름을 불렀다. 잠을 깨우려는 것처럼. 미현은 영석이 자신의 이름을 알고 있어서 다행이었다. 미현은 여전히 영석에게 호감을 느끼고 있었다. 영석이 미현 씨, 했을 때 미현은 그제야 잠에서 맑게 깬 것 같았다. 그건 꿈속이었지만.

"좀, 놀라셨죠?"

영석이 미현을 안심시키려는 듯 목소리를 낮추며 말했다.

"네……네." 미현이 중얼거리듯 말했다. "그런데 지금 어디 가고 있는 거예요?"

영석은 잠시 말없이 있었다. 어떻게 말을 해야 할지 말을 고르고 있는 모양이었다.

"딱히 어딜 가는 건 아니지만, 말하자면 놀이공원에 가는 중이에요. 자유이용권 2장이 생겨서……."

"놀이공원에요? 밤인데."

차창 밖을 두리번거리며 미현은 늦어도 너무 늦은 밤이라고 생각했다. 몇 시인지 알 수 없지만.

영석이 말했다.

"네, 밤인데, 야간 개장을 한대요."

"아……그렇군요. 근데 제가, 놀이기구를 못 타요. 가도 벤치에만 앉아있을 것 같은데."

그건 거짓말이 아니었다. 고소공포증이 심해서 미현은 놀이기구를 타지 못한다. 놀이기구를 타면(탄다는 생각만으로도) 어지럽고, 심장이 쪼그라드는 것 같다. 천천히 도는 회전목마를 타는 것도 미현에게 쉬운 일은 아니다. 그 생각을 하니 미현은 순간 어지러웠다. 몸을 기울여 머리를 차창에 댔다.

"저도 처음 가보는 곳이기는 하지만, 아마도 무서운 곳은 아닐 거예요."

그러고는 입술을 다물고 다시 어색하게 미소 지었다.

"근데요, 영석 씨, 왜 제 차를 운전하고 있어요?"
"어……그게, 저도 모르겠어요. 그렇게 됐어요."
얼버무리듯 영석이 말했다.

"미현 씨, 창문 열어도 될까요?"
"네. 좋아요."
영석이 스위치를 눌러 창문을 열었다.

창문을 열어둔 만큼 바깥바람이 들어와 분위기를 바꿔놓았다. 아늑하고, 부드러운 봄밤의 공기. 미현도 스위치를 눌러 창문을 열었다.

"밤공기가, 좋아요. 이렇게 밤공기를 마실 수 있다는 게……."

영석이 말했다.

"그러네요. 밤공기가 좋아요."

미현은 밤공기를 한껏 마셨다. 나른한 풀냄새

가 몸속으로 들어왔다.

 경주를 닮은 꿈속 어딘가의 도로는 커브길도 없이 계속 직선이다. 3분의 1쯤 열린 창문 틈으로 벚꽃 몇 잎이 들어와 미현의 손등 위에 앉았다. 밝은 회색 벚꽃 잎이었다. 이 꿈은 흑백영화처럼 색채가 없다.
 미현은 생각했다. 자동차는 계속 가고 있지만 어쩌면 한 자리에 멈춰있는지도 모르겠다고, 어쩌면 도로와 주변 풍경이 움직여 놀이공원으로 가는 게 아닐까, 하고. 그런 기분이 들었다.

 얼마 뒤 점점 주변이 밝아졌다. 밤을 밝히는 놀이공원의 불빛들이 보였다. 그 위로 소리 없이 폭죽이 터지고 있었다. 밝고 화려하고 요란하지만 폭죽이 터질 때 소리는 전혀 나지 않았다. 혹시 아주 작게 소리가 나는 건 아닐까, 미현은 귀를 기울였다. 하지만 아무 소리도 나지 않았다. 조용한 불꽃놀이. 미현은 소리가 나지 않는 불꽃놀이에 이름을 붙이고, 밤하늘에 피어나는 불꽃들을 말없이 바라봤다.

놀이공원 주차장은 아주 한산했다. 넓은 주차장에 주차되어 있는 차들이 한 대도 없었다. 영석은 미현의 자동차를 놀이공원 주차장에 주차했다. 그러고는 외투 주머니에서 종이 두 장을 꺼내 한 장을 미현에게 건네주었다. 종이에는

> 놀이공원 자유이용권 / 1시간

글씨가 인쇄되어 있었다. 미현은 놀이기구도 못 타는데 1시간이면 좀 길지 않나 싶었다. 괜히 자기 때문에 영석도 재미없이 시간을 보내지 않을까 걱정도 되었다.

입구에는 밝은 조명등 불빛들이 가득했다. 개찰구가 열 개쯤 있었지만 미현과 영석 말고 놀이공원으로 들어가는 사람은 없었다. 정말로 아무도 없는 줄 알았는데 언제인지 모르게 단정하게 유니폼을 입은 누군가 기척 없이 다가와 입장권을 확인했다. 유니폼을 입은 누군가는 특별히 친절하지도 불친절하지도 않게 팔목에 종이로 만든 띠를 채워주

었다. 일단 영석의 팔목에 먼저 종이띠를 채워주었는데 하나를 더 가져오는 걸 잊었는지 관리실에 들어갔다가 잠시 후 띠를 하나 더 가져왔다. 그는 미현의 팔목에도 종이띠를 채워주었다. 그가 팔목에 띠를 채워줄 때 조명을 몇 개 더 켠 것처럼 주변이 밝아졌다. "들어갈까요?" 영석이 말했다. 영석의 얼굴과 표정이 밝게 보였다.

개찰구가 열리고, 미현과 영석은 공원 안으로 들어갔다. 개찰구를 통과했을 때 미현은 이상하게도 마음이 달떴다. 무슨 상황인지는 모르겠지만 마음에 두고 있었던 영석과 데이트를 하게 되었고, 봄밤의 공기가 좋기도 해서, 그런 거라고 미현은 생각했다. 미현은 늘 놀이공원이 불편했지만 영석과 함께 간 꿈속의 놀이공원에서는 그렇지 않았다. 그래서 미현은 놀이기구 한두 개쯤 탈 수도 있을 것 같았다. 이를테면 천천히 도는 회전목마나, 자동차를 타고 다른 자동차와 부딪히며 노는 놀이기구(미현은 '자동차 박치기 왕'이라는 이름을 떠올렸다) 정도는 탈 수 있지 않을까 싶었다.

미현과 영석은 천천히 공원 안을 걸어 다녔다.

놀이공원 안에 다른 사람들은 없는 것 같았다. 다양한 모양의 장식 조명들과 길을 따라 늘어선 가로등들이 밝게 빛을 내어 길을 비추고 있었다. 곳곳에 봄꽃들이 피어있었다.

"입장권은 누가 준 거예요?"
천천히 걸으며 미현이 물었다.
"그게……실은 잘 모르겠어요. 누가 준 것 같은데, 아는 사람이 줬다고 생각했는데, 누가 줬는지 모르겠어요." 영석이 아리송한 표정으로 말했다. "죄송해요."
"아니에요. 뭐가 죄송해요?"
"미현 씨한테 그냥 미안한 마음이 들어서……."
"왜 그런지는 모르겠지만 저도 왠지 미안한 마음이 들어요. 영석 씨한테."
미현이 말했다.

미현은 영석과 나란히 공원 길을 걸었다. 걷는 동안에도 소리 없이 밤하늘에 불꽃이 피어났다. 불꽃이 피어날 때마다 서로의 얼굴이 더 환하게 보였다. 때때로 꿈속에서, 미현은 자기 자신의 얼굴도 바라볼 수가 있었다. 환한 얼굴로 서로를 바라보는 두 사람을, 미현이 바라보고 있었다.

"근데요, 영석 씨. 우리, 아는 사이인가요?"

미현의 말에 영석이 다시 아리송한 표정을 지었다.

"그러고 보니까 서로 제대로 대화 한번 해본 적이 없네요."

영석이 말했다. 그러고는 멋쩍게 웃었다.

"그러게요. 회사에서 몇 번 인사 나눈 것 말고는……."

미현도 영석처럼 작게 미소를 머금었다.

"그래도 우리 재밌게 놀아요. 잘 아는 사이는 아니지만."

영석이 말했다.

"잘 아는 사이는 아니지만."

미현도 약간 고개를 끄덕이며 그렇게 말했다.

그들은 천천히 걸었고 놀이공원 광장에 도착했

다. 광장에는 놀이기구들이 화려한 빛을 뿜내며 윙윙 작동하고 있었다. "어떤 걸, 타볼까요?" 영석이 물었지만 미현은 선뜻 말하기가 어려웠다. 구불구불한 레일 위를 돌아다니는 롤러코스터가 아주 높은 곳에서 수직으로 하강하고 있었다. 탑승객은 없지만 미현은 분명 비명소리를 들었다. 미현은 일단 회전목마로 갔다. 그들은 하나씩 자리를 잡고 말에 올라탔다. 조금 뒤 말들이 가볍게 오르내리며 천천히 회전했다. 미현은 영석의 뒷모습을 한동안 바라봤다. 영석도 가끔씩 고개를 돌려 미현을 바라보고, 어색한 입 모양으로 미소 지었다.

나른한 풀냄새가 나는 봄의 꿈.

'자동차 박치기 왕'은 놀이공원 내부 사정으로 가동하지 않았다. 미현은 회전목마만 타기에는 아쉬운 마음이 들었다. 미현과 영석은 그 앞에 잠시 서있었는데 어디선가 삐삐, 하고 알람 소리가 들렸다. 영석의 팔목에 찬 자유이용권에서 나는 소리였다. 그리고 1분쯤 뒤 미현의 팔목에서도 같은 알람 소리가 들렸다. 삐삐, 소리와 함께 미현의 팔목에

즈으으, 즈으으, 약한 진동이 느껴졌다. 팔목을 들어보니 종이띠에 자유이용권을 사용할 수 있는 잔여 시간이 나타나 있었다. 개찰구 직원이 영석의 팔에 1분쯤 먼저 종이띠를 채워주었기 때문에 미현의 알람이 1분쯤 뒤에 울렸다. 미현의 잔여 시간은 40분이었고, 영석의 자유이용권은 39분이 남아있었다. 벌써 20분이나 지나있다니, 미현은 마음이 조금 급해졌다. 망설일 시간 없이 '자동차 박치기 왕' 대신 '공중그네'를 타보기로 했다. '공중그네'를 타고 있는 사람들 역시 없었고 빈 그네들만 빙글빙글 공중에서 돌고 있었다. 보기만 해도 어지러운 것 같았지만 미현은 타보기로 했다. 영석도 좋다고 했다.

'공중그네'는 회전목마와 비슷하게 원을 그리며 빙글빙글 돌고 위아래로 오르내리지만 그보다 훨씬 빨리 회전했다. 미현은 속도가 너무 빠르다고 생각했지만 이상하게도 어지럽거나 무섭지 않았다. 오히려 상쾌했는데, 몇 바퀴를 돌고 속도에 익숙해졌을 때는 편안한 기분마저 들었다. 빙글빙글 돌며 높은 곳에서 미현은 놀이공원의 야경을 감상했다. 앞 그네에 탄 영석은 먼 곳을 바라보며 생각에 잠겨

있는 것 같았다.

'공중그네'가 회전 운동을 멈추고 미현과 영석은 근처 자판기에서 캔커피를 하나씩 뽑아 들고 벤치에 앉았다. 가깝게 앉았다가 너무 가까운 것 같아 미현은 영석에게서 조금 떨어져 앉았다. 캔 속에는 아주 연한 커피가 미지근하게 담겨있었다. 커피를 한 모금 마신 다음 영석이 말했다. "어지럽지 않았어요?"

미현은 괜찮다고 했다. 이상하게도 괜찮았다고.

"그럼 저것도 탈까요?"

영석은 롤러코스터를 가리켰다. '공중그네'까지는 탔지만, 아무래도 롤러코스터는 안 될 것 같았다. 미현은 고개를 두세 번 저었다. 영석은 작게 웃고는 저도 저건 무서울 것 같아요, 하고 말했다.

그들은 잠시 벤치에 앉아 말없이 있었다. 폭죽 터지는 소리가 나지 않는 조용한 불꽃놀이를 보며. 커피 홀짝이는 소리와 놀이기구 움직이는 웅웅 윙윙 소리만 작게 들려왔다.

"미현 씨. 좋아하는 사람 있으세요?"

"네? ……왜요?"

"좋아하는 사람 있으면, 좋잖아요."

영석이 말했다. 미현은 다 마신 커피 캔만 만지작거렸다. 그러는 사이 영석의 팔목에서 다시 알람이 울렸다. 삐삐. 즈으으 즈으으. 조금 뒤 미현의 팔목에서도 알람이 울렸다. 확인해 보니 시간이 10분밖에 남지 않았다.

"어? 아까는 20분 지나서 울렸는데!"

미현이 당황한 듯 말했다.

"언제 시간이 이렇게 지났지, 저는 9분 남았어요!"

영석도 다급한 목소리로 말했다.

망설임 없이 미현이 자리에서 일어나며 영석에게 말했다.

"우리 타러 가요!"

"뭘요?"

"롤러코스터!"

미현이 소리쳤다. 미현은 다 마신 커피 캔을 일반쓰레기 옆 재활용 통에 정확히 던져 넣고 롤러코스터가 있는 곳으로 뛰어갔다. "역시 정확하시네요." 뛰어가며 영석이 말했는데 미현은 듣지 못했다.

    마침맞게 롤러코스터가 출발 지점에 들어와 있었고 미현과 영석은 나란히 가깝게 앉았다. 롤러코스터가 출발하기 직전이라 그랬는지 숨차게 뛰어와서 그랬는지 영석과 나란히 가깝게 앉아있어서 그랬는지 미현은 숨이 차고 마음이 콩닥였다. 미현은 자신이 롤러코스터를 타고 있다는 게 믿기지가 않았다. 꿈만 같다고 생각했다. 꿈속에서.
    이윽고 롤러코스터가 천천히 움직였다.
    "괜찮아요?"
    영석이 떨리는 목소리로 물었다. 미현은 마음이 콩닥여서 "사실은 좋아하는 사람이 있어요."라고 말했다. 그리고 다음 말을 할 새도 없이 롤러코스터는 수직 낙하 구간에 다다랐고 낙하 직전, 영석의 알람이 울렸다. 알람 소리에 미현은 옆을 봤다. 영석은 보이지 않고 빈자리만 남아있었다. 롤러코스터가 그대로 수직 낙하했다.

눈을 떴을 때, 자동차 안이었고 미현은 운전석에 앉아있었다. 영석의 장례식장 주차장이었다. 잠든 사이 부슬비라도 내렸는지 얼굴이 촉촉하고 서늘해서, 미현은 마른세수를 하며 눈을 비볐다. 차창은 3분의 1쯤 열려있고 아늑한 봄밤의 공기 속에서 나른한 풀냄새가 났다. 옅은 분홍색 벚꽃 잎들이 열린 틈으로 들어와 미현의 다리 위에 흩어져있었다. 미현은 벚꽃 잎들을 한데 모아 만지작거리며 잠시 시간을 흘려보냈다. 기억해 보고 싶었지만 꿈은 잘 기억나지 않았고 몇몇 장면만 드문드문 기억이 날 뿐이었다. 불꽃놀이. 조용한 불꽃놀이. 수직 낙하 구간을 향해 천천히 움직이는 롤러코스터. 사실은 좋아하는 사람이 있어요. 그런 것들이 기억이 났다. 이제는 그것이 꿈이었다는 걸 안다. 그래도 영석과 대화를 나누고 놀이공원에 가서 같이 놀았다고 생각하니 미현은 영석과 가까워진 것 같았고, 아는 사이가 된 것 같았다. 그리고 혼자만의 꿈이 아니라, 어쩌면 영석이 자신의 꿈에 놀러 와서 함께 꿈을 꾼 것일 수도 있지 않을까, 그러니까 정말로 그런 사이가 된 건지도 모른다고 미현은 생각했다.

"왠지 그런 것 같아."

　미현은 창문을 닫고 차에서 내렸다. 검은색 옷은 아니지만 이제는 괜찮을 것 같았다. 놀이공원에 갔다 바로 오느라 옷을 못 갈아입은 걸로 하기로 했다. 미현은 차창 유리에 모습을 비춰보며 단정하게 머리와 옷매무새를 만졌다. 누군가 의아한 얼굴로 물어보면 영석 씨와 조금은 아는 사이라고 말할 수 있을 것 같았다.

essay
가벼운 영화 한 편을 만드는 것처럼

이번 겨울에는 내내 몸이 좋지 않았다. 감기가 나을까 싶다가도 다시 감기에 걸리고, 운동이 부족하나 싶어 산책을 나갔다가 차갑게 비를 맞아 또 몸살에 걸렸다. 그래서 겨우내 나는 봄이 오기를 기다렸다. 좀 따뜻해져서 아프지 않고 몸도 마음도 따뜻해지길 바랐다.

달력을 본다. 이제 2월도 거의 지나갔고, 곧 3월이다. 요즘은 날씨를 종잡을 수 없어서 3월의 날씨가 어떨지 잘 알 수는 없지만 그래도 따뜻하고 포근한 날들이 많았으면 좋겠다. 적당한 바람에 흔들리는 잔잔한 강의 물결처럼 적당히 잘 지내기를 바란다. 나는 부디 나의 세계가 잔잔했으면 좋겠다. 멀리 봄이 보이기 시작하면 그런 마음을 품게 된다. 마음을 품는 것만으로도 온기를 얻을 수 있다.

봄은 잠이 많은 계절이다. 봄에 꾸는 꿈은 가볍다. 꿈을 영화라고 하면 봄의 잠 속에서는 주로 잔잔하고 가볍게 볼 수 있는 이야기들이 상영된다. 나는 꿈을 잘 기억하지 못하는 사람이지만, 봄에 꾸는 꿈들은 그저 가벼운 이야기들이니 굳이 기억하지 않아도 괜찮다. 가볍고 잔잔한, 다 읽고 기억나지 않아도 좋을 그런 영화 한 편을 만드는 것처럼, 그런 기분으로, 봄의 꿈 같은 소설 한 편을 썼다. 소설을 쓰면 그 안으로 일단 들어가게 된다. 그래서 적어도 소설을 생각하고 쓰는 시간만큼은 봄 안에 있을 수 있었다. 소설을 쓰면 잠시 다른 계절에 있을 수 있다. 그것을 잘 쓰는 것과는 별개로.

물론 읽어주는 사람이 나름의 이유로 내가 쓴 소설을 기억해 준다면, 나로서는 정말 신나고 기쁜 일이다.

그런데 (이상하게도) 나는 다른 계절보다 봄에, 죽음에 대해 좀 더 생각해 본다. 추운 겨울에 희망을 품고 포근한 봄에 비로소 죽음을 떠올린다. 봄에 죽고 싶은 마음이 아니라, 봄에 죽음을 생각한다는 것이다. 죽음이라는 '것'에 대해. 어쩌면 봄에 죽음을 떠올리고 그것에 대해 나름대로 곰곰이 생각해보는 것이 다가올 여름을 살아낼 수 있는 원동력이 되는지도 모른다. 어쩌면 봄이 가장 죽지 않고 싶은 계절인 것 같아서 봄에 죽음을 자주 생각하는지도 모른다.

봄은 아무튼 생각하기 좋은 계절이다. 어떤 생각을 해도 그리 심각해지지 않고, 가볍고 담백해질 수 있는 것 같다. 겨울에는 별것 아닌 일에도 너무 심각해진다.

이번에 쓴 소설에도 비슷한 내용이 있지만, 언젠가 내가 죽는다면, 죽고 나서 1시간 정도는 재미있게 놀다 가고 싶다. 이를테면 놀이공원 같은 곳에서. 평소 무섭고 어지러워 못 타본 놀이기구들을 마음껏 타고 싶다. 이미 죽었으니 겁날 것도 없을 것이다. 조금 슬플 수는 있겠지만. 아무튼 그러면 좋을 것 같다. 그렇게 재밌게 놀고 나면 이 세계에서 잘 사라질 수 있을 것 같다. 그러고 보니 소설 속 영석도 좋은 마음으로 잘 갔을 것 같다. 미현과의 놀이공원 데이트가 즐거웠을 것이다. 미현도 잘 살아갔으면 좋겠다. 이렇게 쓰고 보니 왠지 나도 소설 속 그들과 아는 사이가 된 것 같다.

봄이 오면, 좋아하는 산책을 하며 이런저런 생각을 할 것이다. 기분을 가볍고 담백하게 만들고 새로운 생각들을 많이 하고 싶다. 그렇게 파종해 놓은 생각들이 무더운 여름 풍성하게 자라 이런저런 글들이 되었으면 한다.

이
종
산

벚꽃 푸딩

essay
계절 편지 #1. 봄

벚꽃 푸딩

4월에 내리는 눈은 샤베트와 닮았다. 차갑지만 금방 사르륵 녹아 버린다. 내 인생에서 4월에 내리는 눈을 본 것은 몇 번 정도일까? 기억이라는 것은 불완전해서 매년 돌아오는 계절이 매번 처음인 것처럼 새롭다. 내가 유독 기억력이 약한 탓인지도 모른다. 나이가 들어서가 아니라 어렸을 때부터 그랬다. 유치원 때부터 깜빡하기를 잘해서 금붕어를 보면 동질감을 느꼈다. 금붕어는 기억력이 약해서 수조 안에서도 잘 살 수 있는 거라는 얘기는 진짜일까?

 사람도 모든 것을 생생하게 기억하는 것보다는 적당히 잊어버리는 게 생존에 유리할 거다. 좋은 기억은 추억, 나쁜 기억은 트라우마가 된다. 좋든 나쁘든 인상 깊은 일만 인간의 기억에 깊게 새겨지는 것이다. 그런데 모든 일이 그렇게 다 깊게 새겨진다면 기억에 파묻혀서 앞으로 나아갈 수 없을 것 같다. 나는 가끔 짧은 일기를 쓰기도 하고, 사진을 찍기도 하고, 인스타그램에 일상을 끄적이기도 한다. 하지만 그건 실제로 일어나는 일들이나 하루 전체에 비하면 아주 단편적인 기록이다.

나는 올해로 서른다섯이 되었다. 여름에 태어났으니 첫해는 건너뛰고, 서른네 번의 봄을 경험한 셈이다. 기억력이 약한 만큼 서른네 번의 봄을 보냈다 해도 기억나는 순간들만 모아보면 얼마 되지 않는다. 봄이라고 하면 특정한 사건은 거의 생각나지 않고, 느낌 같은 것만 먼저 떠오른다.

3월이나 4월은 생각보다 꽤 춥다던가, 꽃샘추위라던가, 4월에는 가끔 눈이 내린다던가, 4월에는 벚꽃이 피고, 5월에는 라일락이 핀다던가. 코가 시릴 만큼 공기가 차가운 날 지상에 있는 지하철역에서 열차가 오기를 기다리는데, 문득 등에 닿는 햇볕이 따뜻해서 봄을 느낀 적이 있다던가, 대학에 다닐 때 캠퍼스를 걷다가 어떤 향기를 맡고 황홀해졌는데 나중에 그게 라일락 향기였다는 걸 알고 놀랐다던가.

그런 기억이라면 끝도 없이 쓸 수 있을 것 같다. 대학교에 처음 입학했을 때 멋을 부린다고 새로

산 봄옷을 입고 갔다가 종일 추워서 벌벌 떨었다. 하루가 아니라 한 달 내내 그랬다. 고등학교 때는 대여점에서 영화 <4월 이야기> 비디오를 빌려서 방에서 혼자 봤다. 주인공이 빨간 카디건을 입고 있었던 게 기억난다고 생각했는데, 지금 검색해 보니 그런 장면이 나오는 사진은 없다. 아마도 포스터에 있는 빨간 우산 때문에 가짜 기억이 만들어졌나 보다. 영화를 보며 주인공이 카디건이 아주 잘 어울린다고 생각했던 기억이 있는데, 그것도 가짜 기억일까?

학교라는 것을 다니게 된 이후에는 봄마다 새 학기가 시작되어 설렘과 두려움, 불안을 동시에 느끼던 기억도 있다. 봄에는 새로운 환경이 주어지고 거기에 적응해야 했다. 너무 늦지 않게 친구를 만들고 어떤 무리에든 소속되어야 한다는 불안감도 기억이 난다. 월마다 나오는 날을 기다려서 사던 <밍크>나 <윙크> 같은 소녀 만화 잡지는 봄에 나오는 표지가 특히 예뻤다. 잡지에 예쁜 디자인으로 들어간 'March'나 'April' 같은 단어가 예뻐서 가슴이 설렜다.

봄은 화사하고, 왠지 설레고, 변덕스럽고, 속이

울렁거리는 불안감이 섞인 계절이다. 일 년 중 봄에 우울증이 가장 심해진다는 것도 흥미롭다. 과학적으로는 일조량의 변화가 원인이라지만, 모두가 새롭게 시작하는 것 같은 계절에 혼자 뒤처지고 있다는 기분도 사람들에게 영향을 미치는 것이 아닐까 싶다. 길에 다니는 사람들은 전부 화사해 보이고, 친구나 연인과 놀러 다니며 봄을 만끽하고 있는 것 같은데 나만 혼자인 기분, 나만 계절과 다르게 우중충한 느낌이 들어 겨울보다 더 우울해지는 것이다.

나는 이곳에 와서 이 도시는 서울보다 봄이 일찍 시작된다는 것을 알았다. 겨우 2월 초부터 바람에서 봄 냄새가 났다. 입춘 무렵이었다. 입춘에 봄이 시작된다는 게 왠지 신기하게 느껴졌다. 서울에서 느꼈던 초조함도 이곳에서는 희미하다. 창밖을 보면 바다가 있고, 거리에는 사람이 없다. 아무도 바쁘게 움직이지 않는다. 어느 가게에서나 느긋한 분위기가 흐른다. 심심하기만 한 시골 동네도 아니라 마음만 먹으면 큰 마트나 영화관이나 서점이나 세련된 카페에도 갈 수 있다.

그렇다고 한없이 늘어져 있을 수만은 없어서

나는 한동안 할 일을 찾았다. 이곳은 '당근'에서 많은 거래가 이루어진다. 지금 우리 집 거실에 있는 텔레비전과 낮은 탁자, 부엌의 식탁, 내 방에 있는 책장도 그곳에서 구했다. 우리 집에서는 거실과 하나뿐인 방, 욕실에서 바다가 보인다. 이곳에 오고 한 달은 멍하니 지냈다. 이사 온 집을 청소하고, 밥을 해 먹고, 식탁에서 커피를 한 잔 마시다 고개를 들면 항상 바다가 보였다.

  1월에는 꽤 추웠다. 바람이 불면 창밖에서 곰이 우는 듯한 커다란 소리가 들렸다. 우우웅거리는 소리를 들으며 혼자 잠든 밤들이 있었다. 눈이 내린 날도 있었다. 따뜻한 지역이라 눈을 보기 힘들 줄 알았는데, 올해는 이상기후 때문에 폭설이 내린 것이라고 한다. 우리 집은 언덕 위에 있어서 눈이 내리면 밖에 나가서 돌아다니기가 힘들다. 지금까지 눈이 두 번 왔다. 두 번 모두 나는 길에 쌓인 눈이 다 녹을 때까지 밖에 나가지 않았다.

*

입춘 무렵이 되자 바람에서 봄 냄새가 났다. 아직 바람은 쌀쌀했지만, 왠지 추위가 덜했다. 이곳은 정말 입춘부터 봄이 되나 싶어서 신기했다. 옛날부터 내려져 오는 절기와 지금의 날씨가 딱 맞아떨어질 때마다 묘한 기분이 든다. 까마득한 옛 시대와 내가 지금 살고 있는 시대 간의 거리가 갑자기 아주 짧게 느껴진다. 모든 것이 변한 것 같아도 사실은 그리 많은 차이는 없는지도 모른다. 날씨나 인간의 마음이나 아직은 그리 많이 달라지지 않았고, 그저 건물의 모양이라든지 사람들의 옷차림 같은 겉모습만 변한 것이 아닌가 싶어지는 것이다. 그런 생각이 들면 안심이 된다. 시간이 덜 무섭게 느껴진다. 시간이 무시무시한 속도로 달리는 강철 기차 같은 것이 아니라 따뜻한 봄에 마을에 흐르는 강물처럼 생각된다.

봄은 천천히 점점 더 따뜻하고 아름다워져 갔다. 나는 극장의 관객처럼 매일 집 안에 앉아 창밖의 봄을 바라보았다. 봄은 마치 살아 있는 생물 같았다. 봄은 아름다운 몸을 가진 배우처럼 움직였다.

봄에게는 얼굴도 있었다. 봄은 싸늘한 표정을 지었다가도 햇살처럼 환하게 웃었다. 사람의 마음을 들었다 놨다 하는 훌륭한 배우였다.

나는 봄에 홀려서 눈을 떼지 못하고 기꺼이 극장 안에 앉아 있었다. 세상은 공연 없는 날이 없는 극장이다. 봄의 공연이 끝나면 여름이라는 공연이 시작된다. 사람들은 봄이 짧다고 하지만, 이 도시에서는 봄도 여름만큼 머무르는 듯했다. 2월, 3월, 4월, 5월. 그리고 6월이 되기 전에 봄은 도시를 떠난다. 쏟아지는 비가 커튼이 되어 봄이 떠나는 모습을 가린다.

내가 그것을 아는 것은 이곳에 살기 전에도 여러 번 이 도시를 드나들었기 때문이다. 그러나 올해처럼 여유롭게 봄을 바라본 적은 없었다. 공연 첫날부터 매일 관람을 할 수 있는 행운을 누린 적도 없었다.

봄을 바라보며 나는 행복했다. 하지만 앞서 말했다시피 언제까지고 그렇게 늘어져 있을 수만은 없었다. 돈도 되고, 생활감도 느낄 만한 일이 필요했다. 결국은 할 일을 찾았다. 평소처럼 '당근'과 온

라인 부동산을 번갈아 보다가 적당한 가격의 매물이 나와서 오래 고민하지 않고 계약해버렸다. 집 근처에 있는 적당한 가격의 가게였다. 보증금 삼백만 원. 연세 칠백. 권리금 없음. 평수는 네 평 남짓, 화장실은 건물에 있는 것을 공용으로 쓴다.

가게가 작지만 깨끗해서 마음에 들었다. 벽은 새로 칠한 것은 아니어도 그 정도면 괜찮았고(하얀색 페인트를 칠한 벽이었다), 문은 세련된 회색이었다. 문 옆에 길쭉한 유리창이 있고, 다른 쪽 벽에 액자 같은 네모난 창문이 있는 것도 좋았다.

덜컥 가게를 계약하고 나니 계좌가 훌쩍 가벼워졌다. 그러나 불안하지는 않았다. 생활비는 어떻게든 벌면 된다. 내 계좌가 두둑한 적은 별로 없었다. 항상 훌쩍 가벼워졌다가 살짝 묵직해졌다가의 반복이다. 이십 대 초반에는 미래가 두려웠지만 지금은 전혀 무섭지 않다. 미래라는 놈이 그리 별것도 아니라는 걸 서른이 넘어서 깨달았다. 그놈은 언제나 으름장만 놓을 뿐이다. 나는 그놈의 협박에 귀를 기울이는 대신 뭐라고 지껄이든 귓등으로 흘려들으며 오늘 하루에 집중한다. 오늘보다 소중한 건 없다. 오늘을 충실하게 보냈다는 감각만이 나에게는 중요하다.

*

 가게를 계약하고 나서는 좀 더 느긋하게 시간을 보낼 수 있었다. 그때쯤부터는 슬슬 종일 봄을 구경하는 일은 그만두고 가게 생각—어떻게 꾸미고, 어떻게 운영할까—을 하는 데에 시간을 썼다. 마침 책 몇 권을 계약하게 되어 계약금도 조금 들어오고, 겨울에 발표했던 단편 두어 편에 대한 고료도 들어와서 가게에 필요한 가구나 집기도 어느 정도는 살 수 있게 됐다. 테이블 하나, 의자 몇 개, 장 스탠드 하나와 작은 조명 하나, 선반장, 협탁, 포스터 한 장, 포스터를 끼울 수 있는 액자 하나. 그 정도였다. 사고 싶은 것은 많았지만 꼭 필요하거나 정말 갖고 싶은 것이 아니면 깔끔하게 포기했다.

 이곳은 섬이라 물건이 배송되는 데에 시간이 오래 걸린다. 가구는 기본적으로 2주에서 3주 정도는 기다려야 했다. 조명도 일주일은 걸렸다. 나는 주문한 물건들을 기다리며 청소를 했다. 원래 빈 공간이었기 때문에 청소할 게 그리 많을 것 같지 않았지만, 시작하고 보니 그렇지만도 않았다. 구석에는 곰팡이가 있는 곳도 있었고, 유리창도 닦아야 했다. 바닥을 쓸고 닦고 하는 것도 생각보다 오래 걸렸다. 아마 부지런한 사람은 하루이틀이면 끝냈을지도 모르는 청소를 나는 아주 굼뜨게 해나갔다.

청소를 하다가 지치면 텅 빈 가게에 앉아 그곳에서 무엇을 할지 고민했다. 어떤 날은 꽤 진지하게 고민하기도 했지만, 보통은 그저 취미 삼아 이것저것 궁리를 해보았다. 만홧가게를 해볼까? 커피를 팔까? 문구점을 할까? 아니면 서점? 여러모로 생각해보았지만 딱 이거다 싶은 것은 떠오르지 않았다.

항상 음악을 틀어놓고 방문한 사람들이 그냥 음악을 듣다가 가는 공간이라던가, 매일 들러서 출석부를 쓰듯 일기를 쓰고 가는 공간이라던가, 오븐을 하나 들여놓고 사람들이 빵을 한 덩이씩 구워서 가지고 갈 수 있게 해준다든가, 준비해 둔 음식들을 골라서 도시락을 만들어 가는 가게라던가. 그런 것들도 생각해 봤지만, 운영할 자신도 없을뿐더러, 그렇게 해서 어떻게 돈을 벌 수 있을지도 모호해서 그만둬버렸다.

*

그렇게 이모저모 고민만 하는 동안 시간이 계속 흘렀다. 2월은 비가 왔다가 화창했다가 하며 순식간에 흘러갔다. 나는 오전부터 낮까지는 가게에 나가서 청소를 하고, 오후에는 내키는 대로 여기저기 돌아다니며 산책을 하거나 카페에 가고, 해가 진 뒤에는 집에서 책을 읽거나 드라마나 영화를 보며 시간을 보냈다.

이렇게 계속 살아도 되겠는데? 그런 생각이 들기도 했다. 내가 가게를 하지 않는다고 해서 뭐라 할 사람은 없었다. 아무도 나를 혼내지 않는다. 내가 하고 싶으면 하고, 하기 싫으면 안 해도 된다. 처음에 돈을 선불로 냈기 때문에 가게 월세도 나가지 않았다. 장사를 하지 않으니 수도료나 전기세도 거의 나오지 않았다. 오히려 장사를 하기 시작하면 이래저래 나가는 돈이 많을 거였다.

그러는 사이 일도 계속 들어와서 당장 생활비를 걱정하지 않을 정도는 됐다. 테이블도 도착했다. 의자들도 생겼다. 돌아다니는 게 피곤하게 느껴지는 날에는 테이블에 앉아 글을 썼다. 문 옆에 있는 길쭉한 유리창으로 햇볕이 쏟아져 들어와서 블라인드를 달까도 싶었지만, 돈도 꽤 들 것 같고 사람을 부르기도 번거로워서 그냥 놔두었다.

내가 빌린 가게는 한적한 동네에 있어서 길을 지나다니는 사람이 별로 없다. 가끔 사람이 있어도 모두들 무관심하게 가게 앞을 지나간다. 유리창 너머로 날 바라보거나 잠시라도 가게 앞에 머무는 사람은 지금껏 한 사람도 없었다. 가게를 빌리기 전에는 호기심 많은 동네 사람이 자주 와서 수다를 떨다 가거나 할까 봐 걱정했는데, 그런 걱정이 무색할 정도였다. 오히려 누군가 기웃거려주면 반가워서 내가 먼저 문을 열고 나가 말을 걸 수도 있을 것 같았다.

*

우리 동네에는 카페가 세 군데 있다. A 카페에서 B 카페로 가려면 십 분 정도 걸어야 하고, C 카페는 A 카페에서나 B 카페에서나 걸어서 이십 분 정도 걸린다. 이 동네 사람들은 미국 사람들처럼 대부분 잘 걷지 않고 차를 타고 다녀서 길에서 사람을 보기가 힘들다. 지하철이 없기 때문에 지하철역 주변으로 상권이 형성되어 있다거나 하는 것도 없다. 버스는 두 개가 다니는데 둘 다 배차 간격이 삼십 분이다. 버스는 주로 노인이나 학생들이 이용한다.

나는 내가 빌린 가게에 있는 것이 지겨워지면 A 카페나 B 카페, 혹은 C 카페에 갔다. 하지만 사실 가장 많이 간 곳은 우리 동네 밖에 있는 D 카페였다. D 카페는 내가 빌린 가게에서 도보로 사십 분 정도 걸리는 거리여서 산책 코스로 딱 좋다. 가는 길에 공원도 두어 개 있다. 공원에서도 바다가 보인다. 다른 곳에서는 보기 힘든 독특한 새를 발견할 때도 있다. 지난번에는 배가 주홍색인 예쁜 새를 봤다. 사진을 찍고 싶었지만 새가 날아갈까 봐 휴대전화를 꺼내기는커녕 숨까지 죽이고 가만히 보기만 했다. 새는 내가 자기를 보는 것을 알아채자마자 날아가버렸다. 사진을 찍지 않아서 다행이다. 언젠가는 그 새를 또 보고 싶다.

D 카페는 진한 커피와 푸딩, 맛있는 빵을 판다. 나는 그 세 가지 때문에 D 카페를 자주 드나들었다. A 카페와 B 카페는 젊은 사람들이 운영한다. 누가 사장이고 누가 직원인지 구분이 안 될 만큼 모두가 젊어서 청년 사업단 같은 느낌이 난다. C 카페는 조용한 사장님이 하는 개인 카페다. D 카페는 부부가 하는 곳인데, 한 사람은 무뚝뚝하고 한 사람은 친절하다. 나는 그 밸런스가 마음에 들었다. 두 사람 다 무뚝뚝했거나, 반대로 둘 다 친절했다면 부담스러웠을지도 모른다. 아니면 사장이 한 사람인데

언제는 무뚝뚝하고 또 언제는 친절했다면 혼란스러워졌을 것이다. 한 사람은 시종일관 무뚝뚝하고, 다른 한 사람은 언제나 친절한 정도가 나에게는 편안했다. 무뚝뚝한 사람은 빵을 구웠고, 친절한 사람은 커피를 내리고 서빙을 했다. 그런 한결같은 역할 분담도 왠지 보고 있으면 마음이 편안해졌다.

이렇게 말하니 내가 D 카페에서 종일 사장 부부를 관찰하고 있는 것처럼 들리지만, 그건 아니다. 일부러 관찰하지 않아도 그런 것들이 몸에 스며들듯 느껴진다. 아마 나는 좀 예민한 편일 것이다. 일단 어떤 특정한 장소의 분위기를 파악하고 나면 그때부터는 덜 예민해진다. 내가 있을 만한 곳인지가 확인이 되면 뾰족하게 서 있던 무언가가 내려가는 느낌이다. 나는 동물로 치자면 확실히 초식동물이다. 초원에 서서 언제나 한편으로는 긴장한 채 촉을 세우고 있는, 언제나 도망갈 준비가 되어 있는 동물. 불안은 어떤 동물에게는 생존을 위한 필수적인 시스템 요소다. 나는 미래는 두렵지 않지만, 위협적인 것들에 대한 불안은 느낀다. 무엇이 위협적인지는 모르겠다. 정체를 알 수 없는 뭔가 위협적인 것들이 언제나 보이지 않는 곳에 숨어 있는 듯한 기분이 든다. 그것들이 언제 튀어나올지 몰라 불안하다. 나는 무엇을 무서워하는 걸까? 유령? 도둑? 살인자? 아니면 삶의 불가해성? 언제 무슨 일이 일어날지 모른다는 것. 그게 문제다. 아이러니하지만, 내가 미래를 두려워하지 않게 된 것은 그 때문일 수도 있다. 인간은 미래를 예측할 수 없다. 아무리 뛰어난 점술가나 예언가도 자신의 모든 미래를 구체적으로 미리 알 수는 없다. 그러니 걱정해봤자다. 내가 이십 대 때 두려워하던 것들 중에 실제로 일어난 일은 하나도 없었다. 내 삶을 뒤흔든 일들은 내가 한 번도 생각해 보지 않은 것들이었다. 미래는 뒤통수를 친다. 언제나 내가 생각하지 못한 전략을 펼쳐 허를 찌르는 적군의 장수처럼. 어쩌면 나는 미래를 두려워하지 않게 된 것이 아니라 체념한 것일 수도 있겠다는 생각이 든다. 글쓰기는 가끔 무료 정신 상담 치료 같다. 나는 백지에 내 마음을 털어놓은 지 오래되었다. 백지는 나의 오랜 상담사다. 예전에는 백지 앞에 있으면 무슨 말을 해야 할지 몰라 막막한 적도 있었지만, 이제는 막힘없이 무슨 말이든 할 수 있다. 무언가 상상한 것을 펼쳐놓을 때도 있고, 꿈 얘기를 할 때도 있지만, 거짓말을 할 때는 잘 없다. 예전에는 무슨 말이든 하려고 거짓말을 지어낼 때도 있었다. 하지만 지금은 지어낸 말을 할 때도 그 속에 진실이 있다. 사실은 공을 들여 지어낸 이야기일수록 가장 내밀한 진실을 품고 있다. 나에게는 그런 것이 이야기이고, 나는 이야기를 써서 돈을 번다. 작가는 꽤 괜찮은 직업이다.

*

꽃봉오리는 일종의 예고다. 당신이 여기에 오기만 한다면 곧 활짝 핀 꽃을 볼 수 있을 거라는 고요한 선전 같기도 하다. 3월이 되자 여기저기서 꽃봉오리가 움텄다. 나는 길에서 꽃봉오리를 볼 때마다 마음이 설렜다. 벚꽃 개화는 봄의 공연 중에서 가장 인기가 많은 장면이다. 어떤 사람들은 전국을 돌며 그 장면을 보러 가기도 한다. 우리 모두는 극장 안에서 살고 있는 것이나 다름없다. 언제나 방

안에만 있는 사람일지라도 극장 안에 있기는 하다. 창문 없는 방에만 있다고 해도 마찬가지다. 그런 사람은 공연이 보이지 않는 대기실이나 휴게실이나 혹은 창고에 들어가 있는 것일 뿐, 극장 밖에서 살고 있지는 않다.

반대로 계절을 사랑하는 적극적인 관객들은 철마다 전국의 극장을 순회하면서 벚꽃이라든지 단풍을 보러 다닌다. 다른 나라의 극장으로 겨울의 공연(이 공연에서는 눈이 내리는 장면이 인기 있다)을 보러 가기도 한다. 나는 전국의 극장을 순회하거나 다른 나라의 극장까지 찾아갈 정도로 적극적인 관객은 아니다. 하지만 가까운 곳에서 열리는 공연을 부지런히 챙겨보는 관객이기는 하다.

한동안 생업에 바빠서(이렇게 말하니 머쓱하기는 하다. 실은 청소나 공상 말고는 한 게 전혀 없으니) 봄의 공연을 제대로 보지 못했지만, 가지마다 꽃봉오리가 돋은 것을 보니 다시금 열정이 되살아났다. 3월 중순의 꽃봉오리는 당장 내일이라도 피어날 것처럼 단단하게 부풀어 있었다. 할 수만 있다면 꽃봉오리들을 밤새 지켜보면서 봉오리가 터지고 꽃

잎이 피어나는 순간을 '직관'하고 싶었다.

    작년까지만 해도 그런 마음 때문에 튤립을 사서 꽃이 열리는 순간을 기다렸다 바라보고는 했다. 하지만 올해는 이사를 하고 정리를 하느라 정신이 없어 튤립 구근을 살 시기를 놓쳐 버렸다. 구근은 겨우내 흙 속에 묻혀 추위를 견뎌야만 싹이 튼다. 이미 어느 정도 진행이 된 구근을 샀어도 됐겠지만, 처음부터 구근을 심어 꽃이 피는 걸 몇 번 본 후로는 날이 따뜻해진 다음에 튤립을 사는 건 좀 싱거워져 버렸다.

    오늘은 햇살이 좋은 날이었다. 가게 안으로 햇살이 쏟아져 들어왔다. 그야말로 '쏟아지는' 햇살이었다. 물이 가득 담긴 커다란 항아리가 쓰러져서 방 안에 물이 쏟아져 넘쳐흐르는 듯했다. 이런 비유에서 물을 햇살로 바꾸기만 하면 된다. 마치 그런, 물이 쏟아지는 듯한 햇살이었다. 물은 옷을 젖게 하지만, 햇살은 눈이 부시다. 눈이 너무 부셔서 가만히 앉아 있을 수가 없을 정도였다. 나는 한동안 버티다가(밖에 나가기가 귀찮았다) 결국에는 가게 문을 닫고 나왔다.

좀 더 일찍 블라인드를 달 걸 그랬다는 후회가 들었다. 하지만 그런 생각이 들면서도 당장 블라인드를 어떻게 달지 구체적인 계획을 세우게 되지는 않았다. 나의 성격상 그런 식으로 미루기만 하다 블라인드 없이 한 해를 보내게 될 게 뻔했다. 혹은 어느 날 '당근'에 마음에 쏙 드는 커튼이 뜨거나, 인스타그램에서 내 취향을 적중한 커튼 광고를 띄우면 그것을 사서 유리창에 대충 붙여 놓게 될 것이다.

예전에는 내가 도대체 어떤 인간인지 헷갈릴 때도 있었지만, 지금은 나라는 인간을 꽤 잘 안다. 나는 평범한 인간이다. 십 대나 이십 대 때는 내가 이상한 인간이라는 콤플렉스에 시달리기도 했지만, 나이가 들수록 내가 얼마나 평범한지 깨달았다. 십 대 때나 이십 대 때 나는 이상한 인간이었다. 그러나 그 나이 때는 모두가 괴물이다. 특히 십 대 때는. 삼십 대가 된 지금은 평범한 인간은 모두 괴물이라는 것을 안다. 그러니까, 인간은 이상하든 평범하든 실은 모두 괴물인 것이다. 도리어 지금은 호르몬이 종일 부글부글 끓어서 악의와 분노와 사랑과 열망에 가득 차 있던 십 대 시절이 순수하게 느껴진다. 적어도 십 대들은 순수한 괴물이다.

나는 흘러가는 대로 그런 생각이나 하면서(사람들은 살면서 이런 잡생각을 얼마나 많이 하는지. 게다가 그런 잡생각을 책으로 써서 남들에게 보여주기도 하고 말이다) 언덕을 걸어 내려갔다. 언덕을 내려가는 것은 쉽다. 올라가는 것보다는 항상 훨씬 낫다.

D 카페에 도착했을 때는 등이 땀으로 젖어 있었다. 벌써 이렇게 덥다니. 여름이 벌써부터 걱정됐다. 카운터 앞에서 손으로 부채질을 하면서 새삼 메뉴판을 들여다보는데, 새로운 메뉴가 눈에 띄었다.

"따뜻한 커피 한 잔이랑 벚꽃 푸딩 하나 주세요."

나는 쇼케이스를 힐끔 보며 말했다. 내 주문을 받은 사람은 무뚝뚝한 쪽이었다. 그는 별말 없이(대답이 없었던 것 같기도 하다) 계산을 해주고 커피머신 쪽으로 돌아섰다. 이제 그도 커피를 내리는 모양이었다. 나는 항상 앉는 자리에 가서 앉았다. 그 자리는 왠지 항상 비어 있다. 중앙에 있는 큰 테이블인데, 혼자 오는 사람이나 일행이 있는 사람이나 그 테이블보다는 단독 테이블을 선호하는 듯했다. 나는 중앙 테이블의 끝자리에 주로 앉는다. 다른 사람들은 남는 테이블이 없을 때만 중앙 테이블로 온다. 카페 테이블들은 가끔 섬처럼 보인다.

내가 주문한 음료와 푸딩을 가져다준 것은 친절한 쪽이었다. 푸딩은 분홍색이었는데, 윗부분이 색이 더 진했다. 분홍색 푸딩 위에는 벚꽃 잎이 하나 올려져 있었다.

"이건 진짜 벚꽃 잎인가요?"

내가 그것을 가리키며 묻자 친절한 주인이 입을 가리며 웃었다.

"아뇨, 그래야 하는데 벚꽃을 먹을 수 있을 만큼 깨끗하게 만드는 게 어려워서요. 대신 초콜릿으로 만들었어요."

"정말요? 저는 진짜 꽃잎인 줄 알았어요!"

나는 조금 놀라서 감탄했다. 정말 친절한 주인의 말을 듣기 전까지는 푸딩 위에 올라간 것이 감쪽같이 진짜 꽃잎으로 보였다. 그러나 알고 나서 다시 보니 그것은 너무나도 초콜릿 같았다. 공들여 모양을 만들고 색을 입히기는 했지만(화이트초콜릿을 꽃잎 모양으로 만들어서 분홍색을 그러데이션으로 넣었다), 진짜 꽃잎처럼 보이지는 않았다. 바보 같은 착각이었다.

"감사합니다. 저 친구한테 얘기해줘야겠네요. 저 친구가 만든 거거든요."

친절한 주인이 카운터 안에 있는 무뚝뚝한 쪽을 가리켰다. 부부가 아니었던가? 부부 사이라 해도 '친구'라는 지칭을 충분히 쓸 수는 있지만, 친절한 주인이 방금 한 말을 듣고 보니 무뚝뚝한 쪽이 친절한 주인의 남편이 아닐 수도 있을 것 같았다. 친절한 주인에게 '저 친구'라는 말을 듣기 전에는 두 사람의 나이가 비슷해 보였다. 하지만 그런 얘기를 듣고 나서 보니까 친절한 주인이 무뚝뚝한 쪽보다 훨씬 나이가 많아 보였다. 무뚝뚝한 쪽은 이십 대 중반이나 많아도 후반쯤으로 보였고, 친절한 주인은 삼십 대 후반에서 사십 대 초반쯤 같았다. 물론 나이 차가 많이 나는 부부일 수도 있다. 그러나 왠지 이제는 부부로 보이지 않았다. 어느 쪽이든 사실 나와는 상관없는 일이었다. 나는 더는 묻지 않았고, 친절한 쪽도 테이블을 떠나 카운터로 돌아갔다.

푸딩은 달콤했다. 그 집은 원래 푸딩을 한 가지 종류만 팔았다. 가장 기본적인 맛의 커스터드푸딩이었다. 아래는 노랗고 윗부분은 갈색인 그런 푸딩 말이다. 벚꽃 푸딩은 커스터드푸딩과는 다른 맛이었다. 어떻게 다르다고 묘사하기는 어렵다. 봄에 초콜릿 회사에서 한정적으로 파는 벚꽃 에디션 초콜릿과 비슷한 향이 났다.

나는 벚꽃 모양 초콜릿을 입에 넣고 천천히 녹여 먹었다. 목구멍에 단맛이 남아 있는 게 싫어서 진한 커피로 입가심을 하고 D 카페에서 나왔다. 언덕을 올라가는 길에는 벚꽃들이 만개해 있었다. 분명 D 카페로 가는 길에는 꽃이 하나도 안 피어 있었는데. 초콜릿이 마법을 부리기라도 한 걸까? 눈의 착각일까? 봄의 햇살에 홀린 것일까?

나는 꿈을 꾸는 듯한 기분으로 천천히 내가 빌린 가게로 돌아갔다. 가게 문을 열고 안으로 들어가

테이블에 앉자 유리창 밖으로 벚꽃 잎이 휘날리고 있는 것이 보였다. 아름다운 풍경에 가슴이 두근거렸다. 그 장면이야말로 봄 공연의 하이라이트였다. 나는 내 의자 하나만 빼고 남는 의자 몇 개를 가게 앞으로 옮기고, 문을 활짝 열고, 종이에 색연필로 글자를 끄적여서 문 옆 외벽에 붙였다.

<여기 앉아서 벚꽃을 감상하세요. 지금 이곳이 세상에서 가장 봄을 바라보기 좋은 좌석입니다.>

몇 사람이 자리에 앉았다가 떠났다. 괴물들은 각자 앉았던 자리에 자신의 물건을 하나씩 두고 갔다. 나는 해가 지기 전에 그 물건들을 챙겨서 집으로 돌아갔다. 첫 장사 날이었다.

essay
계절 편지 #1. 봄

이번 봄은 새로 이사 온 동네에서 처음 맞는 봄이다. 자동차를 타고 다니다 보면 아직 눈이 녹지 않아서 윗부분이 하얀 산이 보인다. 윗부분만 새하얀 산은 세모난 모양의 케이크에 슈가 파우더를 뿌려놓은 것처럼 보이기도 한다.

봄은 겨울 다음에 오는 계절이다. 감기에도 몇 번 걸리고, 따뜻한 차도 셀 수 없이 많이 마시고, 눈이 내리는 창밖을 여러 번 구경하고, 아직은 춥다는 말을 또 여러 번 반복하고 나니 봄이 코앞으로 다가왔다. 막상 봄이 와서 날이 따뜻해지기 시작하니 겨울과 헤어지는 것이 아쉽다. 옷장 안에 있는 도톰하고 색이 고운 울양말도 이제 넣어 두어야 한다. 겨울 동안 외출할 때마다 목에 칭칭 감았던 목도리나 따뜻한 털이 안쪽에 붙은 모자와도 곧 작별이다.

봄에는 봄이라서 더 좋은 것들이 있다. 깨끗한

셔츠나 청바지 같은 것들. 한동안 하지 않았던 반지나 목걸이, 귀걸이 같은 것들도 상자에서 꺼내어 몸에 걸쳐보고 싶어진다. 봄에 읽는 책은 또 얼마나 달콤할지. 봄볕 아래서 책을 읽다가 꾸벅꾸벅 졸아도 좋겠다. 봄볕과 독서와 낮잠은 한 세트다.

이제 지나가고 있는 겨울과 이미 지난 봄의 초입에 어떤 일들이 있었나 생각하니 아무것도 떠오르지 않는다. 내가 자꾸 이야기를 만드는 것은 그래서일지도 모르겠다. 진짜로 있었던 일들은 눈이 녹아서 땅에 스며들 듯 보이지 않게 되어 버린다. 스며든 기억은 꽃이 되어 피어난다.

내게는 아직 소설과 일기와 에세이의 경계가 흐릿한 순간이 없다. 줄을 넘나드는 놀이를 하듯 여기에서 저기로 폴짝거리며 왔다갔다한다. 요즘은 소설보다 대본을 더 많이 읽는다. 며칠 전에는 영화 <패스트 라이브즈>의 시나리오를 읽었는데 너무 좋았다. 예전에는 삶은 한 번뿐이라고 생각했는데, 점점 지나간 과거들이 전생처럼 느껴진다. 겹겹의 전생들이다. 옛날의 나는 지금의 나와는 아예 다른 사람 같다.

또 최근에는 단편 몇 편을 정리해서 보내놓고 『커스터머』의 두 번째 이야기를 쓰고 있다. 처음 그 이야기를 써서 출간했던 것이 벌써 7~8년 전이라 잘 쓸 수 있을까 했는데, 쓰기 시작하니 신기할 정도로 그냥 굴러간다. 아마 지금 내가 살고 있는 이 생이 그 이야기와 함께 시작됐기 때문인 것 같다.

쓰다 보니 근황 토크가 된 것 같은데, 그런 김에 홍보도 잠시 곁들이자면 친구와 함께 작은 가게를 열었다. 책도 팔고 커피도 파는 공간이다. 글쓰기 수업도 하고 있다. 공간을 열어 놓으니 새로 만나는 사람들이 있다.

근황을 하나 더 이야기하자면, 머리색을 바꾸었다. 탈색을 두 번 하고 금발로 염색했는데 걱정했던 대로 두피에는 좋지 않게 된 것 같다. 아마 한 달 뒤쯤에는 더 짙은 색으로 덮어야겠지 싶다. 며칠 전 밤에는 친구가 하얀 종이에 이런저런 것을 쓰다가 '저희의 결혼식에 초대합니다'라는 문장을 썼다. 언젠가 그 엽서를 사람들에게 진짜로 보낼 날이 있으면 좋겠다.

2024년 3월 15일 금요일 저녁 6시 31분
서귀포에서.

삶은 아름답고, 딱 그만큼 두렵다.
그리고 사실은, 이 두려운 삶을 즐겁게 살아가고 있다.

2020년부터 글쓰기 모임 <블라인드 라이팅>과 <Raw data of me>를 운영해왔다.
쓴 책으로는 소설집 『낯선 하루』, 에세이 『취하지 않고서야』(공저) 『일일 다정함 권장량』 『오늘보다 더 사랑할 수 없는』 『사랑과 두려움에 대하여』 등이 있다.

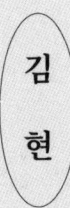

가을보다는 봄을 탑니다. 그래서만은 아닌데, 봄에는 기차를 타고 어디든 다녀오겠다고 항상 생각합니다. 봄에 혼자 여행할 때 들으면 좋은 노래 한 곡을 소개합니다. 이소라의 <봄>. 하루 종일 그대를 생각한다는 노래입니다. 요즘 사람들은 기다림을 모른다는 노래입니다. 너무 쉽게 잊지는 않을 거라는 노래입니다.

지은 책으로 소설 『고유한 형태』, 소설집 『고스트 듀엣』, 시집 『장송행진곡』 『낮의 해변에서 혼자』 『다 먹을 때쯤 영원의 머리가 든 매운탕이 나온다』 『호시절』 『입술을 열면』 『슬픔의 미래』 『글로리홀』, 산문집 『다정하기 싫어서 다정하게』 『어른이라는 뜻밖의 일』 『당신의 슬픔을 훔칠게요』 『질문 있습니다』 『아무튼, 스웨터』 『걱정 말고 다녀와』 『당신의 자리는 비워 둘게요』(공저)가 있습니다.

희우정로에서 한 사람을 우연히 만나고 싶습니다.
그 사람 이름은…….

김
종
완

독립출판물 <김종완 단상집 시리즈>를 만듭니다.
소설과 수필을 씁니다.

계절의 변화를 좋아합니다.

이
종
산

소설가. 2012년에 첫 장편소설 『코끼리는 안녕』으로 활동을 시작했다. 『게으른 삶』 『커스터머』 『머드』 『도서부 종이접기 클럽』 등의 장편과 공포 단편집 『빈 쇼핑백에 들어 있는 것』 등을 발표했다. '커스터머'와 '도서부 종이접기 클럽'은 시리즈로 진행 중이다. 퀴어 창작자를 위한 커뮤니티 '큐연'에서 매달 모임을 하고 있고, 현재는 제주에서 동거인과 작업실 카페 '읽기와 쓰기(@hojibook)'를 운영하고 있다.

나가며
구근에서 싹을 틔우는 튤립 한 송이

거우내 움츠러들었던 것들을 톺아봅니다. 굽은 어깨나 움켜쥔 주먹. 긴긴밤 적요한 어둠 속에서 깊은 잠에 들어있던 삶의 이면들이 떠오릅니다. 하지만 모든 것들이 그렇게 죽어있던 건 아니었나 봅니다. 밤새 내린 눈에 새하얘진 풍경을 눈에 담던 아침을 기억합니다. 온기를 나눠주던 손길엔 다정함이 배어있었고, 어느덧 봄바람이 뺨을 스치며 불어옵니다. 떠오르기 위해 가라앉은 시간을 견디는 일. 피어나는 찰나를 위한 인고의 시간. 내게 오려 저 먼 곳에서 부지런히 가까워졌을 봄의 정령들. 카페로 들어서다 한 켠의 화단에서 발견한 폿말에 미소를 짓게 됩니다. 땅속에 고이 묻어둔 구근에서 싹을 틔우는 튤립 한 송이를 마주하는 건 생의 찬란이겠지요.

 계절마다 시리즈로 선보일 이야기의 시작이

자 봄을 담은 이 책의 제목을 청유형 문장으로 짓고 싶었습니다. 거칠지 않게, 하지만 무심하지도 않게. 우리가 함께 바깥으로 나와 봄의 한가운데로 걸어가면 좋겠다는 생각이 있었기 때문입니다. 저는 봄꽃이 개화하는 시기와 순서를 알고 있습니다. 어떤 꽃이 먼저 피어나는지, 배턴을 이어받는지를 말입니다. 개화 예측 지도를 오래 들여다보곤 합니다. 이곳의 탄생과 그곳의 사정을 두루 살피고 싶습니다. 내가 살아가는 이곳은 지금 여기까지 왔는데 당신의 터전은 어디쯤인지 궁금합니다. 요즘은 부지런히 가지 끝을 들여다봅니다. 가장 가늘고 여린 나뭇가지에서 봉오리들이 한껏 부풀어있습니다. 가슴이 뛰는 박동이 느껴지고 어딘가에 소식을 전하면 좋을 듯합니다. 안부를 물어야지 다짐해 봅니다. 종종 닿을 연락에 반가운 마음이 넘쳐흐를지도 모를 일입니다. 우리가 조금 가까운 사이가 된 것 같은 기분이 들기도 합니다. 날씨가 좋으면 문득 말해버릴 수도 있겠지요. 우리, 나들이 가자. 봄이니까. 그래, 봄나들이 가자, 하고 말입니다.

봄이니까 봄이라서 새로운 시작을 해볼 수 있겠습니다. 맘속에 찜해둔 명소를 찾아도 좋을 것입니다. 이를테면 망원동 희우정로 같은. 더 먼 곳으로 갈 수 있다면 열차에 오르거나 비행기에 몸을 실을 수 있겠지요. 아, 봄이니 꿈을 꾸어도 좋겠습니다. 봄 꿈은 가볍고 어쩌면 그 꿈으로 인해 확률적으로 가능성은 높아질 테니. 봄밤이 깊었다면 남쪽 도시에서 벚꽃 잎이 올라간 작은 푸딩을 아껴먹는 모습을 그려봄만으로도 충분합니다.

춘분(春分)입니다. 낮이 길어지기 시작하는 날, 저는 소월길을 따라 남산 둘레를 걸었습니다. 아직은 날카로운 바람이 불더군요. 봄은 쉽게 오지 않는 계절이지요. 퇴계로의 카페에 앉아 글을 쓰고 있습니다. 봄밤, 봄볕, 봄비 같은 단어들을 무작위로 노트에 적어봅니다. 고갤 드니 창밖에는 이름 모를 나무에 생명이 움터있습니다. 그 사이로 고양이 한 마리가 폴짝폴짝 뛰어 어디론가 가고요. 기다리기 좋은 날입니다. 언제 올지, 어쩌면 오지 않을지도 모를 누군가를, 무언가를 기다릴 수 있을 것 같습니다. 이 또한 봄이기에 가능한 일이지요. 여기까지 오는 길엔 불어오는 바람 탓에 외투를 여몄지만, 가만 앉으니 쏟아지는 아스라한 빛에 이내 넋을 잃고 맙니다. 변덕을 부리는 날씨에 갈팡질팡해도 괜찮을 요즘입니다. 우리들의 좌표 모두 결국은 봄을 향하니 밖을 걸어봅시다. 볕이 가득 내리쬐는 길을 걸으며 우리가 나눈 대화를 깊이 새기기로 약속하고요. 바람에 흩날리는 꽃가루는 너무 가벼우니, 우리들의 마음 또한 싱숭생숭하여 금세 잊힐 것만 같으니 꾹꾹 눌러 걸을까요. 사뿐히 걸어도 충만합니다.

우리, 종종 봄나들이 갑시다. 이 말을 전하는 마음으로 하나씩 하나씩 정성스레 따다 모은 잎을 건넵니다. 손아귀 가득 찬 마음에서 당신이 느낄 것이 무엇일지 가늠해 보겠습니다. 송이송이 따다 당신께 드리는 시간의 앞뒤를 아우르며 천천히 봄을 관통해 나갔으면 합니다. 저기 불어오는 바람에 흩날리는 풍경 속으로 말입니다. 별빛이 일렁이는 분홍빛 봄날에 심어둔 꿈을 당신께 드리니 여름에 한

층 싱그러운 얼굴로 다시 만납시다. 봄빛에서 여름빛으로 이어지는 시절을 지나다가요.

계절 소설 시리즈 '사각사각'

사계에 걸쳐 계절마다 찾아오는 네 편의 소설.
네 명의 작가가 네 개의 시선으로 펼쳐낸다.

봄 『송이송이 따다 드리리』
여름 『파랑을 가로질러』
가을 『빛이 스미는 사이』
겨울 『눈송이의 아름다움』

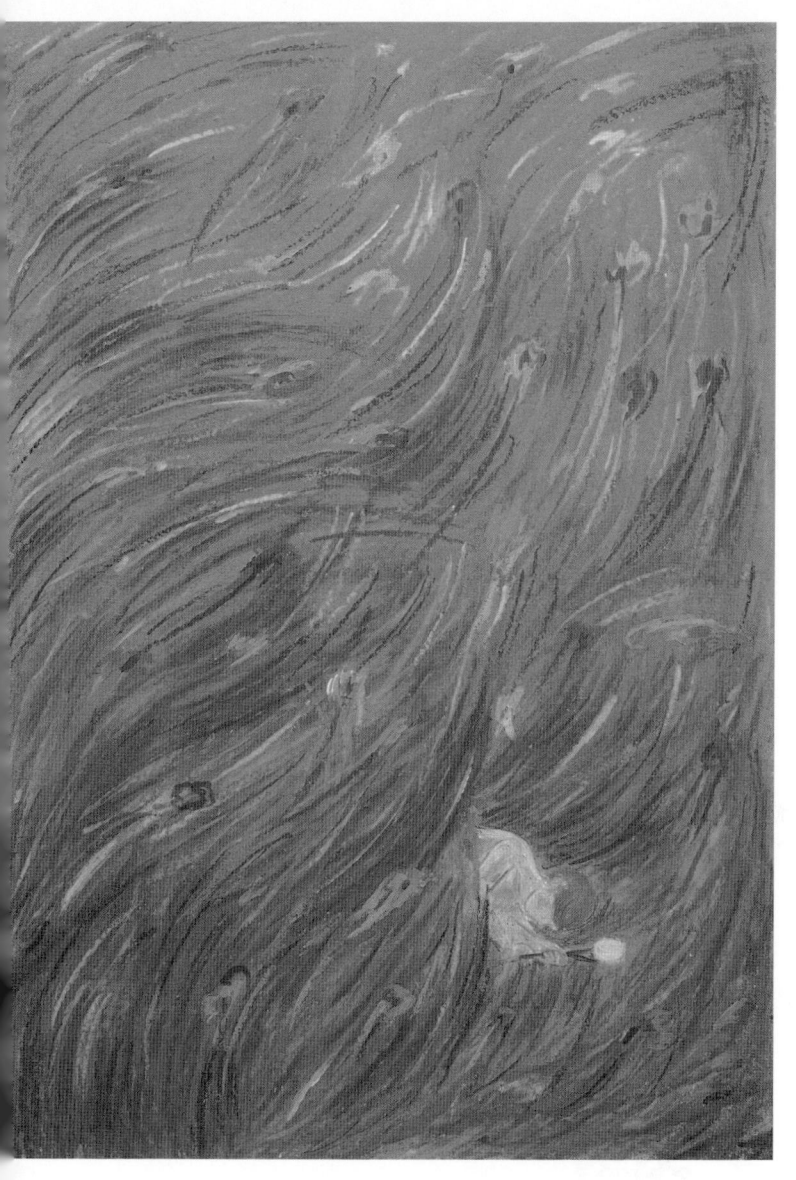

표지 그림 | 최산호 <한 송이_3>

송이송이 따다 드리리

copyright ⓒ 시절, 2024

1판 1쇄 | 2024년 4월 19일

1판 2쇄 | 2024년 12월 20일

글
김종완
김현
송재은
이종산

기획·책임편집 | 오종길

표지 디자인 | 박주현
내지 디자인 | 김현경

표지 그림 | 최산호

출판등록 | 2023년 7월 20일 제 2023-000072호
이메일 | sijeol.book@gmail.com
SNS | @si.jeol.book

ISBN 979-11-984383-6-2 (03810)

*이 책의 판권은 시절에 있습니다.
*이 책 내용의 전부 또는 일부를 재사용하려면
 반드시 펴낸곳을 통한 서면 동의를 받아야 합니다.